大亲热

Gros-Câlin

【法】罗曼·加里（Romain Gary）◎著 李一枝◎译

重庆出版集团 重庆出版社

2007版法文版出版说明

1974年，埃米尔·阿雅尔的“第一部”小说《大亲热》在法国墨丘利出版社出版的时候，并未完全保留作者原稿的内容。罗曼·加里，化名背后的真实作者，应编辑们的要求截去了结尾部分。

罗曼·加里在其随后所写的《埃米尔·阿雅尔的生与死》一书中谈到了对该作品的看法，并梦想能如实出版原作的结尾。不过，罗曼·加里也肯定了编辑们的决定，他那特有的大方的谦逊截然相反于作家们常有的学究气：

> 的确如此，从“正面”和“寓意”的角度来看，我的小说人物变身为蟒蛇被带上法庭的一段，与全文的其他部分风格不一致。我希望大亲热[1]保持它在读者面前第一次亮相时候的样子。

1　在罗曼·加里的原稿中，写的是“Gros Câlin（法语：大亲热）”，出版社在编辑加工时在中间加上了连字符，成为“Gros-Câlin”。

罗曼·加里乐意接受喜爱他的读者提出的建议：

如果我的小说能一直受人喜爱，“原始的结尾”可以单独出版。

为了实现作者的心愿，现在推出的《大亲热》新版本将在1974年版本基础上添加“原始的结尾”，所有内容均从现在保存于法国出版史料研究所的原始手稿翻录而来。

导读：这个库森，我们的人

让-弗朗索瓦·安古埃

1974年年初，法国伽利马出版社和墨丘利出版社的编辑和审读专家们先后审阅了《大亲热》的稿子。这部不见真人的年轻作者（这已让人有点怀疑）的处女作表现出了异常的天赋（一些人认为这背离了作者成长的常规，“一个捣蛋鬼”，雷蒙·格诺在他的审读报告中一语蔽之），总之只知道这是某个叫埃米尔·阿雅尔的人写的。在米歇尔·古尔诺与西蒙尼·伽利马的热情支持下，《大亲热》最终得以在法国墨丘利出版社出版。这本书在当年秋季一上市便取得成功，这个新的声音令评论界和读者们欣喜若狂。当时，编辑们一致认为小说中的故事别出心裁，令人惊奇，虽然不免稍嫌荒诞（您想想，一个三十多岁的巴黎男人赞同以动物作为伴侣，被他视为伴侣的蟒蛇还偶尔从下水道逃走），而且还有些地方稍嫌冒犯（书中有些情节似乎在戏谑社会时事，还有涉及堕胎的激烈讨论），但从文学上来看的确非同寻常。

不过，他们认为，小说结尾处叙述者（即库森）摆脱蟒蛇“大亲热”的一段应该删去。编辑们对此给出了不同的意见：“小说以一种极端的方式触及了当时社会热议的人工流产问题”[1]，克里斯蒂娜·巴罗什后来谈到，不过这个故事仍然令她感动到落泪；结尾“写歪了，这是小说的一处败笔”，与巴罗什一起审读书稿的米歇尔·古尔诺主要从文学角度作了评判。皮埃尔·米肖，受罗曼·加里之托在埃米尔·阿雅尔和出版社之间扮演中间人，向罗曼·加里忠实地报告了编辑们坚持的修改建议：这个结尾在小说中实为多余，应该删之。罗曼·加里，这个隐藏在不知名的年轻作者背后的大作家，照办了。

说真的，罗曼·加里此举如同自断手足。

今天，带着对这部取得巨大成功的小说的崇敬，人们已经知道埃米尔·阿雅尔就是罗曼·加里的另一重生命，不过在阿雅尔烟花般的不凡经历之下，人们也许还未察觉，小说中主人公库森的生活何尝不又是罗曼·加里本人的真实写照。这位罗曼·加里到底是什么样的人，从多本关于他的传记中，从他的多重文化经历中，从他为世人所知的年岁中（《大亲热》中的库森和其他作品中的加里同样宣称自己的年龄是八岁），从他不同的名字中，从他在文学界、电影界、新闻界、外交界留下的不同成果中，人们也许有了对罗曼·加里的定义。然而恰恰相反，真实的罗曼·加里超越了所有这些定义。在这些复杂经历背后的罗曼·加

1　援引出处参考书后“部分参考文献”。

里，不论他曾经做过什么，拥有过什么，或者创造过什么，首先要面对一个冰冷的矛盾，一面是自己幸福的愿景，一面是恐惧，惧怕这些愿景从来不会被那对虚无之中张开的手臂所接受。而加里认为，一个人活着，为了爱，总该对什么东西寄予一点希望。

这点与愿景有关的东西，让人在罗曼·加里的所有作品中总能不约而同地发现同样的主题，例如：对另一个世界的梦想，对另一种生活的梦想，对另一种自然与人类规则的梦想，还有弱者的胜利，博爱的胜利，女性的胜利，爱的胜利，这些不都正是让愿景继续存在的方式吗？而用罗曼·加里自己的话来说，当然也是他借用自己多重身份之一的莱尼耶说出的话，生活的本质就是“一种不顾一切地迫不及待的意愿，对一种明知的不可能所怀揣的战战兢兢的希望，同时也是每一次重新发现事与愿违时的痛苦”[1]。哲学家保罗·奥迪在他《不可能的尽头》一书中的文字给库森也给加里本人带来了希望，同时在加里眼中，也为“最公正地书写自己的方式提供了注解”[2]。

正是这份既灿烂又焦灼的情感，融入了加里心中认真和执著的坚信、愿景和相信爱能带来希望的勇气；正是这份内心深处的生活摆脱了怀疑主义和犬儒主义，摆脱了所有寄生的社会准则，摆脱了对所有既定条件的屈服；正是最丰富也是最具颠覆性的生活中天然的一点真金，让平凡人的生活互相碰撞。也许是加里借

1　罗曼·加里，《白昼的颜色》，巴黎，伽利马出版社，1952年，第13页。

2　保罗·奥迪，《不可能的尽头》，巴黎，克里斯蒂·布尔乔瓦出版社，2005年，第109页。

助了文学的魔力，这一切在他绝对彻底和难以置信的文笔之下，成功地移植到了书中的主人公身上：让库森的生活如此令人感动，让我们置身于他的情感之中，与他一同为可笑的东西发笑，为可悲的东西哭泣，为绝望呐喊，与他一同怀着赤裸裸的愿望预感未来。

如果说罗曼·加里将整个身心都投入到《大亲热》的创作中，这一点都不足为奇，这部小说他先后重写了二十次，如今保存在法国出版史料研究所的若干个黑色笔记本可以为证。这些笔记本上保留了他不断地写，不断地修改，又不断地重写、粘贴、润色、再粘贴的过程。那些不同的标记，不同的笔留下的轻重粗细不同的痕迹，就像留在手稿上的一道道咒语。

为何这本书的创作过程如此复杂？为何罗曼·加里要数易其稿？因为要描绘出一个人最隐秘的内心世界首先需要认识自己，因为需要有一种挖掘自我，辨认自我的能力，需要懂得去质疑自己确信的东西（以及别人确信的东西）；当然了，同时也因为要懂得如何安排素材，如何重构小说的叙述，如何运用好抓住读者的材料，另外，加里的写作方式的确与众不同；因为这如此接近现实的生活有种非同一般的多面性品质：不论是从一些深层次的坚信上（比如，绝望，或者与世界和谐相反的东西），还是从一种寻求宗教或者道德信仰的保护上，抑或是从某种表现出来的冲动上（比如，诗人的冲动，或者作家的狂热），人们都能看到罗曼·加里个人生活的影子，他承载着永恒、博爱和爱情。人生就像一个有很多棱角的多边形，有很多条边相交在一起，知道必将失败仍然满怀期望，一边肩负起希望的义务，一边付出着爱的代价……

“这就是希望，希望就是不可理喻的焦虑，带着预感，期待出现不一样的东西、不一样的人的可能性，也带着冷汗。”库森一语道出了被钉在十字架上的生活的原形。

一部小说也许能创造出不一样的事物，不一样的世界，让人们能够逃离自己的生活去经历不一样的生活。一个使用化名的作者，当这个名字出现在封面上，出现在周围的环境中，就是一个作者的故事的完整翻版：“重新开始，重新活着……”加里在《埃米尔·阿雅尔的生与死》一书中如此写道。不过，还有很多小说，它们看起来长得差不多，它们互相重复，类型明显，很容易被常见的文学形式归类，但是，读起来总让人觉得缺乏力度，无法让人们体会到那种有如狂乱青春年代的激情。要想真正吸引读者，必须发出雷鸣般的声音，必须像《埃米尔·阿雅尔的生与死》中所写的一样，要与重复的文学决裂。罗曼·加里不仅仅利用埃米尔·阿雅尔之名重新开始，同时他本人也在重新开始，一如安娜·莫朗吉对《埃米尔·阿雅尔的生与死》一书做出的文学分析中揭示，这本书会让人们“将加里和阿雅尔联合在一起来阅读，加里-阿雅尔才是最本色的作家”。如果不这样，小说中的人物就会像库森说的那样：“所有这些就如蜕皮一样，只是换一副皮囊，其他一切还是一模一样的。”要么在同类型语言中做着各种重复，要么如加里写的，“为了真正成为人，必须先试图从人字中摆脱出来”[1]。

《大亲热》终于让人看到了不一样的东西，不过我们知道，小说中的库森先生并不是一个与其他人不一样的人，他正是罗曼·加里的生命的纯净状态（此种纯净状态是从化学元素上来理解的，而不是道德上的），借用库森的话来说就是“真实的生活经历和直接的观察”。保罗·帕洛维什曾为他的舅公罗曼·加里扮演阿雅尔背后的真人，关于这次历史性的文学冒险，他写了一本《一个人们曾经认为存在的人》，书中写道：

> 《大亲热》并不意味着（罗曼·加里）创作生涯上的新阶段，它不是一个新作家创作出来的带着未来色彩的新作品，而是某些最为根本的东西。

保罗·帕洛维什在此处提到的引发人们思考的某些最为根本的东西，便是一种纯净状态。这种纯净状态不是通过经历他人的生活达到的，而是通过思考自己究竟是什么，让自己完全生活在生命原液中达到的。罗曼·加里正是通过这本小说进一步净化自己，以求将自己与周围的冗赘分离开来。净化的过程在小说中被处理得非常低调。罗曼·加里最后给主人公定名库森，这立刻

1 罗曼·加里，《有罪的头颅》（1968），最终版，巴黎，伽利马出版社，“页码”系列，1980，第340页。

让读者有了亲近感（库森，法语Cousin，除了做人名以外，亦有表兄弟的意思。——译注）。在之前的几遍弃稿中[1]，罗曼·加里还用过罗玛（Roma）作为主人公的名字。不知道是否应该在此特别提及，Roma是amor（爱情）一词首尾字母颠倒过来的拼法。另外，Roma还是罗曼·加里的母亲唤他的爱称[2]。在加里的笔下，主人公库森被塑造成一个带着点幻想的孤独的漫步者，他不知疲倦地走在那些烂熟于心的，一半真实一半虚构的巴黎的街巷里。我们猜想库森先生是一个抵抗分子，因为他总是在谈论如何潜伏，总是在向我们透露他家藏着让·穆林和皮埃尔·布罗索莱特（两人为法国二战时期抵抗运动成员。——译注）……不过，我们理解（读者们比他周围的大部分人更理解他）这是将他那些深埋在内心的敏感和回忆生动地表现出来的一种方式。其实，库森先生有着非同一般的隐藏信息的本领。比如，他提到的“望福街”，是战争时期巴黎十四区一条连接蒙帕纳斯公墓和望福门的街道。罗曼·加里在这里度过了他的整个年轻学生时代。通过库森，他与这条街的联系得以延续。了解巴黎历史的读者们还会从中发现库森隐藏了一位伟大的抵抗运动成员的名字：从1945年开始，望福街被改名为雷蒙·罗斯朗街，为的是纪念这位

---

1 《大亲热》被弃用的文字记录在加里使用过的一个黑色笔记本上，如今保存在法国出版史料研究所。

2 根据加里在英文版《童年的许诺》（纽约，哈珀兄弟出版社，1961年，第53页）中的描述：“抬起眼睛，Roma……”可知他的母亲有时叫他Roma。

牺牲在瓦莱里安高地的抵抗运动成员。

是的，可以肯定的是，库森这个默默无闻的男人，每个从他身边经过的人（同样包括这本书的读者），除了会停下来欣赏一下他那条令人称奇的蟒蛇以外，根本就不会注意到他。那条被他唤作“大亲热”的从非洲带回来的两米二长的蟒蛇，为他在他的同事、邻居，甚至是他的读者和批评家那里赢得了一个充满温情的称号。这条蛇是一种奇异眷恋的吉祥物，也是库森充满焦虑的人物性格的显影剂。没有了这条蛇，库森就是一个无趣的办公室职员，有点儿神经兮兮，一个典型的法国巴黎小市民，在五月风暴中被划分为庸俗的资产阶级；胆小怕事，自私自利，秩序的合法代表，头脑简单，容易轻信。正如同小说里警长对他说的，“您的思想很健康，如果所有的人都像您这么想，世界就消停了。”

不，这位库森先生融进了平庸的普通人当中，带着蟒蛇的面具，藏在阿雅尔名字的阴影下，而他那些在逆光下被发觉的内心感受却映衬出我们自己的孤独，我们对此毫无觉察。库森是一个凡人先生，是一个反主人公式的主人公。在炼金师作者的精心安排下，他远离了外在形象，远离了自我，远离了加里曾经创造过的人物。库森的形象塑造是一项伟大的艺术，是罗曼·加里的伪装杰作，是一件精心雕琢的成功的艺术品。懂得如何让自己在不被发现的情况下开始另一重生活，甚至蒙蔽了所有仔细观察者的眼睛，在得心应手地运用这项奢侈的技巧同时，罗曼·加里还不忘发表一些带有保护色的表白。在1976年他出版的《假名》一书中，他说："我是一个经缝制拼凑起来的人，手工缝制的。[1]""缝制"一词的法语cousu与库森cousin相似，这就好比承认"我是库森"，我就是这本书的作者。通过这种方式，加里与真实的自我保持着距离，他把自我藏起来，藏在安全的地方。

这位平凡的库森却有着属于自己的表达方式和语言习惯（小说中的苏雷斯教授对他说，"您讲的法语真特别"）。比如，他说"我在如我思"，这种带有偏差的法语，从他嘴里说出来倒是格外的自然，这给他的人物性格增添了几分魅力。

这同样也是作家笔下的一次壮举：这种所有人都能听懂的自由随意的法语，却只有库森一个人在说。这是一种全新而独特的语言，它从那些被遗忘的用语中找回了陌生的熟悉感，它让那些被语法和文体理论抽干了的文字奇迹般地重现表现力，总之，这种诗歌般的小说语言形式取得了成功，这要归功于作家的天才，归功于日后人们所知的埃米尔·阿雅尔背后的罗曼·加里。

大卫·拜罗斯在对《大亲热》进行了一番语言学研究之后指出，不能说库森的语言是"阿雅尔式的"语言，也许在读者眼里，阿雅尔随后的作品延续了这种风格。但是，应该说这是一种在阿雅尔之前就预先存在的语言：因为在罗曼·加里全身心地创作这部小说和库森这个人物的同时，他也在写一些其他的东

---

1 罗曼·加里（埃米尔·阿雅尔），《假名》，巴黎，法国墨丘利出版社，1976年，第68页。

西，其他的小说和自传体小说的灵感也在此期间迸发。在这期间，埃米尔·阿雅尔还不存在。在《埃米尔·阿雅尔的生与死》一书中，加里承认他“是在写完《大亲热》之后，才决定用埃米尔·阿雅尔的名字瞒过出版社的编辑们”。库森在阿雅尔存在之前就已经自称“我”了，阿雅尔的语言就是在模仿库森的语言，这是一种先前存在的内在的语言。

阿雅尔占据了所有位置。

阿雅尔，作为最大的诱饵，出色地夺走了一切。

因为将库森放入阿雅尔的怀抱之中，毫无疑问是加里做出的最庄严的行动。在《埃米尔·阿雅尔的生与死》一书中，加里谨慎地写道：“我感到这本书的本质与我以前的作品给人们留下的印象之间有一种不可兼容性，人们对我的印象是建立在我已有的名声和影响力之上的。”他承认，期望让库森生活在一种完全本原的状态中，正是他做出此举的最大动力。加里把这份私密而真实的书稿，把这个他本人化身而成的小说主人公托付给了无人知晓、形单影只的埃米尔·阿雅尔，他似乎缺乏一点勇气……然而另一个埃米尔（《爱弥尔》）的作者，那位把《对话录》的手稿交给教堂，把自己的孩子交给孤儿院的卢梭却有这个勇气。卢梭的经历中可以看到加里的影子，他们都是打算把自己的身后托付给陌生人的人。他们有彻底的勇气，有一股精神的力量，这股力量来自他们的坚信，坚信通过写下无人敢做的忏悔，通过创造前所未闻的生活和难以置信的作品，能将自己从无限的虚无中争夺回来。而完成这一举动只需命运动动手指头，只需命运拿出它的宽厚，不计较身份标签，不追溯从前经历，去接受创作者的天赋，以最宽容的姿态面对人世间的一切敏感与颠覆性的思想。

加里将不可估量的库森借给年轻的埃米尔·阿雅尔，让他还原这个令人称奇的角色，这一做法无疑给自己增加了不少勇气。正如小说《有罪的头颅》中的科恩（罗曼·加里的另一重生命）在得知他的塔希提女友弥瓦生下了一个不是他的孩子后的情景：

> 这个并非他亲生骨肉的孩子只可能是个好人，甚至还可能是个出色的人。那个期待一个非同一般的新生命的、被撕碎的梦还在，简直就像一个人最后的希望。[1]

不过，库森的到来对于阿雅尔来说肯定是一个非同一般的新生命，因为他是为他而生，对于库森来说这将是另一段故事……

因为阿雅尔，这个缺席的年轻陌生人，还没有能力去抵抗被要求的删节。他需要一个保罗·帕洛维什：可是他也没有这个气度。

当他的朋友皮埃尔·米肖将编辑们打算删除整个结尾的建议转告他的时候，罗曼·加里进退两难，他肯定陷入了深刻的痛苦当中。以文字质量为由否定作者整个创作的一部分，让作者非常

1　罗曼·加里，《有罪的头颅》（1968），最终版，巴黎，伽利马出版社，“页码”系列，1980，第340页。

恼火（我们很长时间以来已经不会这么做了），这不仅有损作者的面子，更是一种身份的撕裂。出版界的运作机制迫使他立即做出选择，不论采取怎样的举动，都会失去库森。要去捍卫作品的完整性吗？可是这会把埃米尔·阿雅尔和出版社的关系搞僵，那么或者暴露自己算了……埃米尔·阿雅尔还太嫩，没有底气，必须加里亲自出马，摘下阿雅尔的面具。但是此举又会影响到库森的问世……如果阿雅尔此时已经有了一副结实的肩膀该多好啊，他需要迅速地成长起来。

刀架在了脖子上，怎样？接不接受删掉结尾？好吧，算了……目前缺乏人气，下不为例。库森失去了某些东西，不是全部，不过是某些东西。也许将来有机会让这个并不一样的角色取得圆满的成功。

于是，不仅仅是小说，而且库森本人就这么被截肢了，这个纯洁的生命期待完整。

因为，如果不在这篇前言中揭示这部小说的结尾的原本面貌，就无法突出库森的变形对于罗曼·加里的意义，库森罕见而带有拯救意味的变形记正是来自罗曼·加里与虚无的短兵相接的灵感。担负着希望承载着爱的加里，竟然奇迹般地实现了爱的分享和爱的回归……颠覆世界的作品往往会得到回报。

在完整的《大亲热》中，库森找到了大爱，而在罗曼·加里的自传体小说《童年的许诺》的悲剧性结尾中，他收到了一封来自外交部的邀请信，得以让他“不通过考试进入这个行业”，不过他不认识那里的任何人，“只因他为解放运动做出的杰出贡献”[1]。这是一个始料未及的时刻，罗曼·加里在美国版本的《童年的许诺》中甚至如此描述，“一个真正的童话故事的结尾”[2]，因为这封信“不是用行政机构那种一贯不带个人色彩的公文体写的。我从中读到了一丝好感甚至是一点友谊，然而这却让我深深地困惑了：我从未感到自己被如此了解过，更确切地说，被想象过”。

被想象，被爱：这是在一个只能看得见可能的世界里，孤独元素的终结，即使无法直接响应心中迸发出的憧憬，至少也要交给一个穿行在千万“凡人”的巴黎中的库森，让他去散播说明文字，或者交给一个穿行在被战争撕裂的欧洲大地上的加里。在一个生态系统需要受到保护的珍稀世界里，生活在他人的爱当中的人们，要比生活在孤独中更能找到自我。

库森在小说中告诉我们：“当我们得到解脱的那一天，我们将会明白心心相印就意味着被爱，这是一回事。”

在1974年的《大亲热》里，只有库森没有得到解脱。

1 罗曼·加里，《童年的许诺》，第382–383页。

2 罗曼·加里，美国版《童年的许诺》，第328页。

内文说明

《大亲热》的小说正文

除了我们做的几处微小的改动以外，《大亲热》的小说正文完全取自1974年首次在法国墨丘利出版社出版的版本。需说明的是，对于1974年该书编辑在正文中删除的文字，我们均未重新收入新版本。尽管罗曼·加里在《埃米尔·阿雅尔的生与死》一书中特意提到了该小说中被删除的文字（中间的一段，以及其他几处句子），但似乎他更在意的是该小说被删除的结尾，这个“原始的结尾”是他唯一希望能重新出版的部分，如果有朝一日“（他的）小说能够一直受人喜爱，结尾可以单独出版”（出处同上）。正文中的绝大部分删除（除了一开始就被截掉的“原始的结尾”以外），在墨丘利出版社用于标注编辑修改和排版说明的第一版打字稿上都可以读到，这份打字稿现在保存于法国出版史料研究所（装在一个信封里，信封上有手写的标题“社会主义”字样）。

《大亲热》的“原始的结尾”

作者原本希望的结尾，也就是罗曼·加里在《埃米尔·阿雅尔的生与死》一书中称之为“原始的结尾”的部分将在本书中作为附加部分出版，即如同作者所期待的那样，“单独出版”。这部分的内容完全来自罗曼·加里手写标注的“具有冲击力的最终文字”部分，在这部分文字的最后一页标有日期1973年11月30日，参见现在保存于法国出版史料研究所的手稿。20世纪80年代初期，迭戈·加里先生将手稿重新誊写到六十多张纸上（这份资料现在亦保存于法国出版史料研究所）。新版本主要依照的是这份誊写稿，外加经与原稿比对后的一些修补。我们在文中加了一些解释性的简短注释（用小号数字标注，这本书并不是提供给学术研究用的版本）。

罗曼·加里的手稿就像不断在生长的新芽，其中的章节划分方式非常奇怪。这段从未发表过的结尾比1974年版本正文中的任何一个章节都要长，几个部分都连在一起。为了照顾阅读节奏，我们将这段结尾合理地划分为四个部分。对于期待看到原汁原味的“原始的结尾”的读者来说，考虑到这段没有蟒蛇“大亲热”的结尾与前文的连贯性，我们需说明在1974年版的结尾后附加的四个章节是如此安排的：

——1974年版最后一章的一部分；

——从前未发表的片断（可称之为“驯化园”段落）；

——1974年版本中最后一章的另一部分；

——从前未发表的片断（小说“原始的结尾”，作者通过其指出，和谐与爱应来源于充满活力的人群，而无法由某种使人生活正常化的“驯化园”提供）。

全国医师协会再次表示了对自由堕胎的反对。他们预计，如果立法机构批准自由堕胎行为，这项“工作”只能由一名“有处决方面特殊经验”的人来担当，并且只能在“堕胎所”里进行。

——据1973年4月8日报纸报道

1

我将直入主题，不拐弯抹角了。巴黎驯化动物园一位喜欢蟒蛇的助理对我说：

“我坚定地支持您进行下去，库森先生。把这些都写下来吧，毫无遮掩地写下来，因为没有什么比亲身经历和直接的观察更感人，尤其切忌使用任何文学形式，因为这个主题不值得。人们自然会想到非洲的大部分地区说法语，学者们杰出的工作已经说明了蟒蛇来自非洲。对于某些删节、误用、添加、扭曲、拒不服从、固执、斜视以及语言、句法、词汇的野蛮移民，我必须表示抱歉。这是一个关于希望和其他的事物的问题，是一阵对抗所有竞争的呐喊。如果人们要求我用那些早已用滥了的词语和形式来表达的话，我会感到异常痛苦。蟒蛇的问题，尤其是在大巴黎圈里，体现了对一种新关系的强烈需要。所以我坚定地支持使用某种独立于当下表达方式之外的语言，我相信必然会有不同于旧语言的其他表达方式的出现。这种希望强烈要求词汇表不再因失败的指控而被下达不能更改的判决。”

我回应给助理如下的话，他表示赞同。

“完全正确。这就是为什么我推测您关于蟒蛇的充满人情味的论述可能会很有用，您也许还应该让人毫不犹豫地想起让·穆林和皮埃尔·布罗索莱特，因为现在这两个人与您的动物学著作一点关系都没有。为了给自己定位，您应当提到他们，目的是为了表明方向，形成对比。这不仅是灵活脱身的好办法，而且还是翻盘的好机会。我没有弄懂，但是我印象深刻，我总是对费解的事物印象深刻，因为也许其背后藏着我们赞同的东西。在我看来这是有道理的。”

我以审判圣女贞德的方式作了总结——我说这番话是出于对整个法语国家及地区的忧虑——为了表示必要的尊敬，我将直陈事情的关键。

毋庸置疑的是，蟒蛇落入了不受人们喜爱的动物之列。

我要从蟒蛇的生存条件说起，蟒蛇对食物的要求十分苛刻。你们会注意到，我一点也没有将最难以接受的情节模糊带过的意思：蟒蛇只吃新鲜的肉，它们只吃鲜活的肉。就是这样。

我是在一次跟团旅行中把“大亲热”从非洲带回来的，我要简单地说一下这次旅行。当时我来到一家陈列馆，立即对这条蟒蛇产生了一种友好感，那是一种热情的发自内心的冲动，一种相互感应。自从我看到一个黑人在旅馆前面展示它的时候，我就明白了。但是，蟒蛇与我显然不同，我对它的生存条件一无所知，然而我倒是很乐意去了解。一位兽医用他美丽的南方口音对我说：

“被囚居的蟒蛇只吃活物。老鼠啊，豚鼠啊，时不时来一只野兔啦，它都喜欢。”

他善意地笑了笑。

“它们一大口一大口地往下咽，观察它们吞噬食物的样子很有意思。当一只老鼠出现在面前，蟒蛇张开它的大嘴时，您就会看到了。”

我吓得脸色苍白。就这样，我一回到巴黎的生活圈子就遇上了喂食的问题，坦率地说，之前我也遇到过这种问题，但是以前当然没有把它当回事。我迈出了第一步，我买来一只小白鼠，这个小东西一从笼子里出来就改变了我居所里的生气。当她的胡须触碰到我的手心时，她立马有了人的感觉。我一个人独居，我管她叫布隆蒂娜，反正我家也没有别人。我总是很快就动了情。她越长大，我就越发觉得她在我的掌心里很娇小，她一下子占据了我的居所。她有着透明的粉红色耳朵和凉凉的小鼻子，对于一个独居的男人来说，她是一个不会背叛我的伴侣、她以她的温柔和女人味在我家占有了一席之地，当我没有人陪伴的时候，她的地位越来越重要，直至占据所有。本来我是因为她浑身洁白，所以买来给“大亲热”当做豪华大餐的，可是现在我却没了男人必需的勇气，我是个软弱的人，我不是吹嘘，我觉察到了，我毫无男人的优点，就是这样子，甚至有些时候我感到自己太弱小了，一定是什么地方出了错，可我不知道错在哪儿，只有你们来告诉我。

布隆蒂娜很快就开始关心起我来，她爬上我的肩膀，在我的脖子里乱翻，用她的细胡须在我耳朵里挠痒痒，这些小动作让我高兴极了，我和她之间马上有了亲密感。

可就在我和布隆蒂娜亲热起来的时候，我的蟒蛇差点都快饿死了，于是我又为它买来了一只豚鼠，因为豚鼠是从印度来的嘛，数目众多。没想到这个小东西也不费吹灰之力地一下子就跟我十分友好起来。对于这些小动物们来说，独自待在巴黎偌大的一间公寓里该是件多么不可思议的事情啊，她们是多么需要有人爱啊！我可不想遵照自然法则把她们都扔进饥肠辘辘的蟒蛇的嘴里。

我不知道该怎么办，“大亲热”每周至少喂食一次，它只能指望我了。我收养它已经有二十多天了，它已经表现出了对我的依赖。它缠绕在我的腰间和肩膀，它在我面前摇摆着它那漂亮的肚子，它的眼睛直直地看着我，就像在看着一个从未见过的人。我的良心备受煎熬，于是打算跑到望福街教区的约瑟夫神甫那里去求助。

2

对于我来说，这位神甫是一个总能给我好建议的人。他很能体会到我的感受，同时我也令他非常感动，因为他心里明白我不是冲着上帝去找他的，我是冲着他本人去的。他对此十分敏感。如果我是神甫，我也会有这样的问题，我也会觉得人们真正爱的不是我，就好比那些娶了漂亮老婆却感到缺人做伴的男人们一样。

在街对面的拉美西斯香烟店里，约瑟夫向我表达了一定的同情。

有一回我听见办公室里的主管对一个同事说："这是一个不把任何人放在心里的人。"这话折磨了我整整半个月。就算他们不是在说我，可是这句话造成我不知所措的事实证明了他们就是在说我：千万不要在别人不在的时候说坏话。人们并不是真的不在场，谁都有自己的苦恼，这一点应该受到尊重。我说这些是因为总有些"不幸命中"的闲言碎语让我陷入深思。"这是一个不把任何人放在心里的人……"我心里也不是没有一两个人的，我掏出“大亲热”的照片，我总是把它放在钱包里，和我的身份证和所有的保险证明放在一起，我把照片拿给主管看，就是为了向他表示，与他先前说的恰恰相反，“我的心中是有人的”。

“是啊，我知道，所有人都在议论这个，”他说，“库森，能问问您为什么养了一条蟒蛇而不是其他一种更讨人喜欢的动物吗？”

“蟒蛇很讨人喜欢啊，它们天性顺从，它们很缠人。”

“那又怎样？”

我把照片放回钱包里。

“没有人不喜欢它。”

他好奇地看着我。

“库森，您今年多大年纪？”

“三十七岁。”

这是第一次他对一条蟒蛇产生了兴趣。

“您一个人生活？”

我一下子提防起来，他好像在搞对员工经常进行的心理测试，看看员工是不是心理状况受损了，看看员工的心理是不是起了变化，这是为了保持公司内部的良好氛围，他也许正在干这个。

我直冒冷汗，我一点都不知道蟒蛇会不会有好评，它们也许在心理测试中会留下负面记录，也许蟒蛇代表着对工作不满意。“与一条蟒蛇一起独自生活”，我仿佛看见我的员工档案上被记上了一条。

"我有意建立一个家庭。"我对他说。

我想对他说我会结婚，但他会以为我是要跟蟒蛇结婚。他特别特别好奇地看着我。

"这只是暂时的。我很想结婚。"

没错，我想跟德雷福斯小姐结婚，就是那个与我在同一层楼工作的穿迷你裙的女同事。

"恭喜，"他说，"不过您的妻子将很难接受一条蟒蛇。"

他没等我为自己辩驳就走了。我清楚得很，现在大部分年轻女人们都会拒绝与一条身长两米二、能将你从头到脚亲密缠住的大蟒蛇生活在同一间公寓里。不过德雷福斯小姐本身就是个黑人，她一定对自己的血统和出身环境十分骄傲。她是一名来自法属圭亚那的黑人，正如她的姓氏所显示的那样，德雷福斯，这个经常被法属圭亚那采纳的姓氏，一半出于地方荣耀，一半出于刺激旅游（1894年，法国陆军参谋部犹太籍的上尉军官德雷福斯被诬陷犯有叛国罪，被革职并处终身流放，但此后不久即真相大白，但法国政府却坚持不愿承认错误，直至1906年德雷福斯才被判无罪。——译注）。清白的德雷福斯上尉好歹在那里服了五年的苦役，他的昭雪影响了所有的人。我阅读了当人们喜欢圭亚那时可以找到的一切东西，我发现，出于地方荣耀和1905年军队中的种族主义倾向的原因，当地有五十二个黑人家庭采纳了这一姓氏。这样一来，就没人敢碰他们了。当地曾经有一个叫做让-玛丽·德雷福斯的人在被判盗窃罪之后，差点以捍卫尊严和国家财产的理由发动了一场革命。十分显而易见的是我在家里养蟒蛇并不是为自己提供借口，不用借此来说明为什么没有一个年轻女人愿意来与我生活在一起，因为她们对蟒蛇有偏见；也不用借此来说明为什么我没有志同道合的朋友。再说，办公室的主管也没有结婚，他家甚至连条蟒蛇都没有呢。事实上，我没有请求任何人嫁给我，就算是我和德雷福斯之间也需要等待时机，在很多人看来，蟒蛇的确是恶心难看，令人害怕的。所以必须要有的是，我对此心知肚明绝无失望，必须要有的是一种极大的缘分，一种相同的文化背景出身，这样的年轻女人才能将蟒蛇当成爱情的信物与我近距离地生活在一起。除此之外，我别无他求。我也许可以公开说出我的意愿，但考虑到整个巴黎有一千万的废物还不算那些车辆，敞开心扉确实很冒险，我还是最好藏着掖着点，不要暴露真实的一面。再说，当年让·穆林和皮埃尔·布罗索莱特被抓，不就是因为他们跑到外面去声张，跑到外面去集会吗？

曾经有一次，发生了一件与此有些关系的事。我从望福门地铁站登上了一节空车厢，只有一位先生坐在车厢的一角。我一眼就看到他一个人坐在那里，于是我不假思索地走过去同他坐在了一起。我们就这样坐了好一会儿，尴尬不免从中而生。车厢里还有别的座位可以坐，这种情景是个人都会觉得难以抉择。我觉得再多待一秒钟我们两人都会换位置了，不过我还是没有起身，这完全是出于恐惧。我这么说是为了让你明白我的处境。然而，他做出了一个很优美很简单的举动，让我一下子舒服了。他掏出了钱包，从里面拿出一些照片，一张一张地拿给我看，就像别人给你看他们家中至亲们的照片一样。

“这个，这是我上星期买的一头母牛，一头泽西岛牛。还有这个，这是一头母猪，有三百公斤重呢，怎么样？”

“它们真漂亮，”我一边说一边想到世间有这么多无法找到知音的人，心里有点激动，“您是做养殖业的吗？”

“不是，就是喜欢而已，我喜欢大自然。”他说。

幸运的是我到站了，因为我们能说的都说了，已经触及到了心里话的极限，无法再说下去，那是每个人内心都有的交通堵塞。

为了把话说清楚，我得马上说我不想跑题，我正向着拉美西斯香烟店走去，去向约瑟夫神甫求助。那么，我该怎么走呢？为了跟我的主题保持一致，我要像蟒蛇那样前行。蟒蛇的步伐不是径直向前的，它的行迹是扭曲的，蜿蜒的，盘旋的，打着滚的，有时候扭成环，甚至打成结，我必须心怀同情和理解地与它保持同样的方式，要设身处地地从蟒蛇的角度来行动。

我同样记录下了“大亲热”来到我家之后的第一次蜕皮经历，它蜕皮的时候我正好在写这些文字。当然，一切进展顺利，它又找回了自己，不过它做出了勇敢的努力，它有了新的皮肤。变形是我见到过的最美好的事情，在它蜕皮的时候，我坐在它的身边，静静地抽着一支小雪茄。在它上方的墙上，挂着让·穆林和皮埃尔·布罗索莱特的照片，这两个人我前面已经提到过，他们与你们没有任何关系。

3

特隆纳博士在他写的蟒蛇指南里也说，光爱一条蟒蛇是不够的，还得喂养它。

为了这个活肉的问题我得去请教约瑟夫神甫。在拉美西斯香烟店里，围坐着一个啤酒瓶，我们进行了一次漫长的交谈。我喝葡萄酒，啤酒；我吃蔬菜，面条，很少吃肉。

“我不愿意给蟒蛇喂活物，就是这样，”我说，“这太不人道了。可它不吃别的东西。您见过一只马上就要被蟒蛇卷进肚子里的可怜的小老鼠吗？这太残酷了，我的神甫，大自然有恶的一面。”

“管好您自己的事就够了。”

言外之意他不能容忍任何针对蟒蛇的批评把他也牵扯进去。

“事实上，库森先生，您应该对您的同类多多感兴趣一点。”

我不想同他展开一场动物学的大讨论，争辩一下我们到底该把感情寄托在谁身上，我可不想说出什么令他诧异的话。我只是想要解决简单的食物问题。

“这畜生已经跟我建立了真正的友谊，”我对他说，“我独自一人生活，不过我的生活很体面。您无法体会那种每天回到家发现有一个人在等着你的滋味。我整天跟几亿数字打交道——您知道，我在统计部门工作——每当我结束一天的工作，我觉得自己实在微不足道。我回到家，发现在我的床上躺着一条蜷成一团的活物，它完全依赖我，我就是它的一切，离开我它活不了……”

神甫歪着脑袋看着我，这位神甫有点军人作风，他甚至还抽烟斗。

“如果您收留的是上帝，而不是一条盘在您床上的爬行动物，您肯定能生活得更好。首先，上帝不吃小白鼠，不吃老鼠，也不吃豚鼠。相信我，上帝可干净多了。”

“我的神甫，听我说，别跟我谈论上帝，我想要一个属于我的人，而不要一个属于所有人的人。”

“上帝就是……”

我懒得听他说，我只是默默地坐在那儿。戴着我的帽子，我的蓝点黄领结，我的围脖，穿着整齐的外套，上衣，西裤，这是为了和所有人一样，也是为了在所有人中把自己藏起来。在巴黎这么一个至少有一千万人口的大城市里，安守本分，跟人群保持一个模样十分重要。不过，和被我唤作“大亲热”的蟒蛇在一起，又立刻让我感到与众不同，让我很有存在感。我不知道其他人是怎么做的，这需要有杀父弑母的勇气。当一条蟒蛇缠绕着您，紧紧地抱住您的腰，您的肩膀，然后把它的脑袋贴在您的脖子上，您闭上眼睛就能感受到被一股温暖的爱所包围。那简直就是一切不可能之尽头，是我的灵魂之源。我张开自己的两条手臂，抱到的是空气，我缺少的是另外两条抱住我的手臂，就像人们所说的缺乏维生素一样。

我完全没有理会约瑟夫神甫说的话，我把他晾在一边继续喝他的饮料，看起来人们并不想念上帝，因为阿拉伯人那里还有不少石油，去的人都会满载而归，不过需要亲自出手才行。我嘛，我不一样，我总是带着让人高兴的微笑。我想起有一天早上，当我经过财务部的时候，德雷福斯小姐对我说：

“礼拜天在香榭丽舍大街上我和您擦肩而过。”

她的直白让我十分震惊，对于一个主动关注我的年轻姑娘来说，我不能把她的直白说成是冒昧。从她的角度来说，这一举动不仅仅是勇敢，我早就料到了这一点，一点儿不差，她是个黑人姑娘，对于一个黑人姑娘来说，能冲破偌大一个巴黎中人与人之间的隔阂，着实令人感动。她很美。一双高筒长皮靴直至大腿。但是我不知道她是否能接受与一条蟒蛇在一起共同生活。因为要是她让我把“大亲热”放到门外去，那就麻烦了。我琢磨着应该一步接一步地慢慢推进，我要让德雷福斯小姐慢慢习惯我的模样，我的性情，甚至我的生活方式。所以对她的主动我没有回答。首先我必须搞清楚她是否真正认识我，是否清楚她正在跟什么人搞暧昧。

4

德雷福斯小姐的事情暂且不多说了，我把布隆蒂娜装在一个盒子里，放在大衣柜上面够不着的地方，我还在盒子上开了一个洞供她呼吸。食物的问题在生活中占据的地位是如此重要，所以必须特别小心，以避免大自然悲剧的发生。对于蟒蛇来说，它们的鳞片下面藏着丰富的感应器官，因此它们有一种接近食物的本能。有好几次我回到家里，发现“大亲热”盘旋着身子向大衣柜的高处探望，虽然因为得不到必要的帮助，这种探望是徒劳的，但它还是像所有人那样满足于一种憧憬。它美极了，它在大衣柜前昂着头，它的身子是灰绿色的，这种灰绿色蔓延到肚皮上后慢慢地变成了褐色，这种灰绿相间的颜色有点儿像巴黎圣宝莱大街上女士们手里拎着的亮皮手袋。它一边喘着气，一边聚精会神地看着前方，它的目光深邃，又带着一点儿凄凉，它的小脑袋左顾右盼，它神情专注的小眼珠也随着游移，一副十分着迷的样子。英国探险家们发现维多利亚瀑布的时候就是这副神情，他们手里拿着遮阳板，带着殖民者的头盔，脖子上系着手绢，一副征服者和文明人的样子，这些情节我小的时候读过很多。

“大亲热”的肚皮下面，左边的肚皮下面有一块黑色的，灰黑色的斑点，这是大自然的一个差错，“大亲热”有幸得之。我还请专业人士掌过眼，他对我说，如果“大亲热”是一枚邮票的话，那可值大钱了。看起来，“大亲热”身上的斑点是十分罕见的，罕见的东西都有共同点。错版邮票因其出现概率极小所以尤为珍贵，人们还解释不清错版邮票是怎样出现的，错版邮票的出现也几近不可能，因为人们一直在努力消除人为的错误。当我用到“人为错误”和“几近不可能”这些表达方式的时候，我十分小心谨慎，以免残酷地让人联想到造物主留下的失望和痛苦。我无需为我精英主义的用词方式开脱，从生命诞生和变化的角度来说，我希望这种人为错误能够更加大众更加广泛些——我思故我犯错。

此外，无需因这块出现在左边肚皮上的灰黑色斑点产生太多的幻想。等待一枚罕见的错版邮票的出现就像等待一次精液喷射产生的新价值一样，只是集邮爱好者们的一厢情愿，就好比是期待外星人和飞碟的出现。在通货膨胀和准许由尿路中止生命的神圣法律通过之后，人们将发现一切都在以令人眩晕的速度贬值。

还有一两次我发现“大亲热”在挂着让·穆林和皮埃尔·布罗索莱特照片的墙壁下面盘旋着身子向上探望，也许是因为它需要呼吸，也许是因为它很绝望，或者仅仅是因为它有向上探望的习惯而已。

然而，我不得不承认，尽管我十分小心翼翼，这块斑点还是让我产生了先兆的感觉。一只燕子不成春，这不，马上又来了另外一只。我办公室里的一个同事，布拉韦尔曼，一个着装得体的同事，拿着一份报纸过来找我。我读不懂英语，我可是百分之百在法语文化的沃土里长大的，对于我的祖国从古至今直至未来，我都充满骄傲。他翻开报纸的一页，并为我翻译了一条关于**斑点**的新闻——斑点二字是我有意突出的——一块正在不断**长大**的**斑点**状有机物——我重复一遍，是我有意突出了以上两个词，已避免让人产生期望出现神迹或者外星生物之类的幻想。也就是说，一块有生命的大斑点正在长大——它不断地扩大伸展，在地面，也就是土地上——由于人们会产生各种想象，所以必须强调——在得克萨斯一位主妇的花园里的土地上。这片斑点表面上是褐色的——“大亲热”身上的那块是灰黑色的，不过也许需要耐心等待，大自然的变化过程十分缓慢，它总是遵循它自己的规律——表面之下的组织是红色的，而且这种红色已经渐渐从表面上显现出来。这块斑点显然能抗拒一切压制它生长的力量。这份报纸——我说出它的名字是以免被人指责妄想假冒先知——叫做《国际先驱论坛报》，由于一些国际原因人们可以在巴黎买到这份报纸，报纸出版的时间是1973年5月31日，这条新闻来自美联社。这位主妇的名字叫做玛丽·哈里斯。我没有记下发生这种迹象的得克萨斯州的那个小地方的名字，以避免造成给事物设定太多限制的印象。同时，我还需要以相同的口吻直白地申明我不是傻子，我完全明白耶稣现身的迹象不是通过一块花园里的斑点也不是通过一块出现在左边肚皮下面的斑点。我知道这种满怀希望的混淆带有潜在性和产前预知性的特征。我的蜕变仅仅是因为对于“大亲热”在巴黎人类圈中的生存前景和它的食物需求问题抱有科学上的担忧。这个问题的重要性超过了野蛮民族的移民。

这份报纸用英文提到，不论玛丽·哈里斯做出多少努力想铲除它，这块海绵状多孔的斑点仍然在安然无恙地生长，没有人知道这种新的生命组织到底是什么。

我认为，布拉韦尔曼为我翻译这么一篇文章完全带有贬低和辱骂我的意思，他是想告诉我一种另类的海绵状多孔物质来到这个世界上，它的出现和需要完全是无法理喻的，布拉韦尔曼这么做伤害不了我，尽管他把自己的狡猾完美地藏在了漫不经心的态度之下。如果他想羞辱我，那么他的那套讽刺完全是个错误。这个陌生的，突然出现的和史无前例的生命体，无疑是一个悄悄进入现行体制中的错误，是一种对抗自然的常识性行动，自打我看到这条新闻的这一天开始，我就充满了希望，倍感鼓舞。这绝对不是一个简单的疣子，尽管布拉韦尔曼带着鄙夷的态度这么称呼它，还差点啐了它一口痰。

我们无法说出这是什么东西：得克萨斯的专家们明确地表现了自己的无知。不过，如果这个陌生的东西的确打开了一片领域的话，那么它打开的就是无知。当我看着“大亲热”时，很有可能也是这种无知和不了解让我产生了某种东西可能存在的想法。这就是希望，希望就是不可理喻的焦虑，带着预感，期待出现不一样的东西、不一样的人的可能性，也带着冷汗。

显然，在希望是有道理的时候，人们不会被恐惧击倒，希望和恐惧谁也离不开谁。

等布拉韦尔曼一离开，我就迫不及待地冲进厕所，把自己从头到脚检查了一遍。大部分人读完这条新闻之后都会对斑点产生恐惧，出于习惯思维和担心变成陌生人的原因，所有人都害怕变化。不过，人们之后会明白我没有从前那么害怕了，在从前这是不可能的，我再也不会像以前那样。不过，在巴黎自己的家中养一条两米二的蟒蛇，并在让·穆林和皮埃尔·布罗索莱特的相片底下为它提供一个隐蔽的庇护所，对于所有人来说这都是件不容易的事。

第二天这份报纸进行了后续报道，据说这种发生在得克萨斯的现象并不新鲜，它只不过是一种菌类刚刚显露出来的样子。

我记录下这段事情是为了表明我始终是怀着乐观的态度的，我从来不相信什么最后的结论，相反，我总是在等待着某种东西的最终出现。

为了避免混乱，为了在绕了个圈子后重新找回我们叙述的顺序，我得补充一下维多利亚瀑布位于今天的坦桑尼亚境内。

5

继续来描写我的一些习惯和居家生活方式吧，在通过诉诸宗教解决了喂食问题之后，待会儿我们会看到这一点，我要写一写我偶尔去一去那些好心的妓女们家里的事情。好心的妓女，我怀着至高的敬意和感激用这种最高贵的方式称呼她们，因为她们会照顾我。当我被两条别人的手臂环抱的时候，我感觉人生圆满了。她们其中有一个叫玛尔莉丝的，当她抱着我的时候，会用她的眼睛看着我对我说：

“我可怜的亲爱的。”

我喜欢极了，我喜欢人们叫我“我可怜的小老鼠”——不，我想说的是可怜的亲爱的。这一刻我感觉到了自己的存在。

她经常会说：

“还好，你知道看着我，至少和你在一起，我们会看着对方的眼睛，不只是看着那些个地方。来吧，我帮你洗洗屁股。”

这里涉及一个特别微妙和尴尬的问题，我必须对此展开一番调查。据说从前不是这样的。维埃乐街上的香烟店老板娘是一个让我能够敞开心扉的人，她向我解释了一番：

“都是因为玫瑰引起的。她们的耳朵是玫红色的，就像玫瑰花瓣的颜色，于是就有了一个充满诗意的名字，玫瑰叶子。我那个时代没有什么人要求这种服务，不过现在经济在发展，信用卡越来越多，人们的生活水平提高了。财富的分布越来越广，也越来越容易得到。对，都是生活水平造成的。所有的方面都提高了，卫生条件也一样。这个特权人士的小情趣已经被广泛地普及了，人们轻而易举就能得到。还有就是人们的觉悟普遍提高了，这些事情变得更平常，更快捷，也就是说直达目的绝不啰唆。在我的时代，一个年轻女孩会老练地建议你，‘亲爱的，是让我帮你洗洗还是你自己来呢？’这是让你站在洗手池旁进行的，她给你的阴茎涂上肥皂，一边帮你洗一边取悦你，为的是加快节奏。那时候，她为你清洗你尊贵的屁股是件很罕见的事儿，她只为特权人士做这个。如今，卫生要求最重要，好像她们的职业素质都提高了，成了女社会福利员一样。她让您坐在小板凳上为您清洗神圣的屁股，因为生活水平提高了，人人都可以享受这个。您可以去打听一下，这也就是近十五二十年来才有的事儿，经济发展了，工作机会多了，人人都能享用增长的果实了。从前，没有妓女为您在屁眼上抹肥皂，只有遇到行家，她们才干这个。现在所有人都是行家，人们什么都知道，因为有了广告，人们知道什么是好东西。广告提高了商品的价值。玫瑰叶子这种奢侈的服务成了基本需要。姑娘们知道顾客需要玫瑰叶子，她们都知道顾客懂行情，懂得他应有的权利。”

这是有可能的。不过由于我这人的一些性格问题，我实在不适应玫瑰叶子。我可不要求被当做不同的人对待，相反，这会让我觉得自己贬值了衰弱了。每当克莱尔、依菲洁妮、洛蕾塔为我洗屁眼的时候，我觉得特别俗，我来这里是为了得到女性的陪伴，可不是为了洗屁眼的。我的确打算从蟒蛇的拥抱中解脱出来，可是它的确给了我真正的、稳定的、共同生活在一起的女人的好处。我很难最后下决心，为此我伤心，焦虑，此外，我感到它也需要我。它明白这一点，它用整个身体全身心地缠绕着我，有时候我还觉得不够满足，它要是再长长几米就好了。这都是温柔惹的祸，她在我心里挖了一个洞，她为自己占据了位置，可是她却不在我心里，这让我充满了疑问和反思。

在好几天的时间里，“大亲热”在不停地缠绕着，不停把自己的身体打成各种结，有时候打的结它自己都无法解开，好像是它有了自杀的想法，这真是个简单却不容易想到的点子，无法解开的结就是死结。为了让人更明白，我举一个例子，当我们拽着鞋带的一端往外拉的时候，只会再打成一个新的结。生活中充满了可以利用的例子。比如说，有一个基本的敏感因素阻止了我接近德雷福斯小姐。我本可以把衬衫深深地扎进裤子里，系紧皮带，把胳膊搭在她的肩膀上，向她提议出去约会，就像一个敢于冒险的真男人一样。可是因为有这个敏感因素，当我拉住鞋带的一端时我不知道会发生什么，也许只是又多了一个结。我说的这个阻止我不绕弯子地推进我和德雷福斯小姐之间关系的基本敏感因素就是，她会因为平等问题受伤害，她会以为我是个种族主义者，我礼貌地提出想跟她共走人生路是因为她是个黑人姑娘，所以“我们可以一块走，我们是平等的”，因为我利用了我们的低人一等和共同起源的事实。

人们会对我说有时候拽住鞋带的一端往外拉，一个结瞬间就解开了！就像68年的五月风暴那样。不过在68年5月的时候，我特别害怕，我甚至都不敢离开家去办公室。我害怕被选择，被切成两份三份或者四份，就像我们在剧院里看到的人体魔术那样，这只是一种幻术，而且这更是给人以强烈的感觉，鞋带上的结还是老样子，一点儿都没有解开。

同样，我还要最后一次指出，对此我一点儿都不生气。在公司搞的一次针对全职工作和岗位提升的心理测试中，我对蟒蛇的事情直言不讳，因为我已经与约瑟夫神甫谈论过了给“大亲热”喂食的问题，我还会继续跟他探讨下去。

没有什么东西比满足一种自然的欲望更能让人安心让人高兴了。一天，我自己做了个实验。我抱住自己，用尽全身气力使双臂把自己紧紧围住，然后我闭上眼睛，这种感觉还不错，令人激动，不过还是比不上“大亲热”的作用。当我们需要一种拥抱来填补我们肩膀周围的空缺，来填满我们肾脏里面的空洞时，当你为缺少两条臂膀痛苦的时候，一条两米二长的蟒蛇是最佳选择。“大亲热”可以一连长达数小时地缠绕着我，有时候它的头从我的脖颈间钻出来，绕到我的面前，张着它的大嘴，目不转睛地看着我。这是它的自然习性，食物问题是首当其冲要解决的自然需求，这也是我在这本关于蟒蛇动物习性的书里记下数条有用建议的目的。

6

一次，“大亲热”比平常表现出更加强烈的向他人表现它的温柔和友好的欲望，我站在地毯上伸出双臂，正想用两只手去搂住它，突然听见身后传来钥匙开门的声音。尼亚特太太拿着水桶和扫帚走了进来。尼亚特太太，或者叫尼特太太，她的名字大概是这么发音的，她是我的门房，同时也帮我打扫房间。她看着我惊呆了，我马上明白了，她很难搞明白眼前的景象，另外她也习惯了摆出这么一副表情。

“呃，要怎样……”

这是个法国女人。

“呃，真的没什么……”

“什么？发生什么事了？”

“您经常像现在这样，穿着睡衣站在房间里伸着两条手臂？”

我耸了耸肩，我不想向她解释这是我在外部环境中开始一天的生活之前所做的一种情感运动，有些人与情感二字离得太远，根本无法感知得到。

“怎么啦？这是瑜伽。”

“瑜……”

“……珈。我在拥抱自己。”

“您在拥抱自己？”

“拥抱自己，字典上写着呢，这可不是我发明的，这是一种与其他人或者其他东西沟通的方式，就是通常所说的情感运动，拥抱自己。”

“拥抱自己？”

“这是瑜伽中的最后一个体位，在做完所有的体位之后这一招是收势。您可以在如何生活在大巴黎的宣传海报中找到这些，就是急救队员们张贴的那些海报，所有巴黎人都知道啊。”

“这对什么有好处？”

“对提高生活质量有好处。”

“是吗？”

“是啊，生活需要鼓励。”

我必须把握好跟人说话的分寸，让她不被“大亲热”吓跑。当你的房间里有一条行动自由的蟒蛇时，很难找到人为你打扫房间。蟒蛇们通常都不把其他物种放在眼里，人们不喜欢被藐视或者被控告的感觉，不过这不是他们的错。

在尼亚特太太之前，由于西班牙生活水平的提高，我请了一个葡萄牙女人来做家务。她第一次来到我家时，为了不吓到她，我特意留在家里，让她适应“大亲热”的存在。可是等她上了楼，到处都找不到“大亲热”。

它喜欢钻进那些意想不到的地方藏起来。我到处翻遍了，都没有找到它的踪迹。我开始焦急，抓狂，脑子一片混乱。恐惧朝我袭来，我感到要出乱子了。不过我悬着的心马上放了下来。在我的写字台旁边有一个大纸篓，里面装满了作废的情书，每次我写完都直接把它们扔进了纸篓。正当我忙着在床上找“大亲热”的时候，突然听到葡萄牙女人的一声惊叫，我马上赶过去，只见“大亲热”从纸篓里直起身子来，友好地摇摆着脑袋打量着这个善良的女人。

您想象不到这造成了怎样的影响。葡萄牙女人吓得浑身发抖，接着直愣愣地坐在了地上，我给她淋了一点依云牌矿泉水，她立刻蜷缩成一团，发出猫头鹰般的嚎叫，两眼冒出神志失常的目光。我以为她就这么完蛋了，可当她恢复神志之后，她径直跑到了警察局，跟警察们说我是个虐待狂和暴露狂。我不得不在警察局待了两个小时。葡萄牙女人基本上不会说法语，这都怪野蛮民族的移民，她用葡萄牙语大声嚷嚷着“虐待狂男人，暴露狂男人”。我跟警察们解释说她看到的只不过是一条蟒蛇，我请她过来就是特意为了让她适应我家的蟒蛇的。警察们一个个笑得东倒西歪，我无法打断他们的笑声继续说下去，他们发出一阵阵哈哈哈吼吼吼的笑声，这都怪高卢民族太爱笑了。警长听到手下们的笑声走了出来，还以为发生了什么报纸上所说的粗暴行径。这个外籍劳工仍在不停地嚷嚷着“虐待狂，暴露狂”，我随即向警长解释，我是特意请她来跟我的蟒蛇见面的，我也没想到我的蟒蛇会突然直起身子来，我的蟒蛇有两米多长，我想可能是这一点把她吓坏了。听我说完，警长也一下子笑了起来，他强忍着笑声，只是发出噗嗤噗嗤的声音，而他的那群手下们早已一个个乐得脸上炸开了花。

我生气了。

“好吧，如果您不相信的话，我甚至可以给您看看。”我说。听到这个，警长打住笑，朝我做了个手势，他那态度让我想立马离他远远的。

警察们就这副德性，他们都打住了笑看着我，他们其中还有一个黑人，他没有笑。因为德雷福斯小姐的关系，我看到黑人穿着一身法国制服总是觉得怪怪的，我的梦中情人德雷福斯小姐应该会柔声细语地跟我描绘那些岛屿和欢乐的生活。不过，我没有心软，我从钱包里掏出一张照片，我的同事们把它称为我的“家人照”，我随意掏出的这张照片上面，记录着“大亲热”趴在我的肩膀上，用头贴着我的脸的一瞬间，这是一张我特别喜欢的照片，因为这一瞬间体现着各种统治势力之间兄弟般的友好情谊，在这里可以看到一切不可能的终结。

我还有“大亲热”许多别的照片，有它在床上的照片，在我拖鞋旁边的照片，在沙发上的照片，我非常乐意给人看这些照片，倒不是为了让人们记住我，只是想让他们也喜欢上蟒蛇。

“你们看到了吧，”我对他们说，“这是一个误会，我说的不是我，我说的是这条蛇。虽然这位女士是外国人，她总该分得清人跟蟒蛇以及接下去发生的事情吧。再说，‘大亲热’可是有两米二长的一条蛇啊。”

“‘大亲热’？”警长问道。

“这是我家蟒蛇的名字。”我说。

警察们又笑开了，这回我可是真的生气了，而且气出了一身汗。

因为让·穆林和皮埃尔·布罗索莱特两人的缘故，我害怕警察们穿的蓝色。我甚至开始琢磨如果我当初没有收养蟒蛇，会不会不这么现眼，会不会少引起些关注。人人都知道，呼气和吸气之间只有一个节拍的差距。如果有人来到我家，因为我的举止之间可能会表现出一些怪异的地方，无须到处寻找，人们马上会在我的一居室里发现一条蟒蛇，没有人会把一条蟒蛇当成人的，特别是在我们这个出现过让·穆林和皮埃尔·布罗索莱特两位人物的时代。我必须要说的是，在一个生活着一千多万家伙的大都市里，潜伏是一种理所当然的状态。

我满怀恭敬地赞同全国医师协会的观点，新生命在诞生之前已经存在了，正因为如此我才会向他们贡献我所有的努力。

警长把“大亲热”的照片递给野蛮的移民看，她不得不承认她看到的正是“大亲热”，而不是别的什么东西。

“您知道在家里养蟒蛇是需要得到批准的吗？”警长以一种家长似的口气问我。

这下，我差点笑了出来。您明白得很，我是办理过合法手续的，我可没有伪造证件，就像以前在德国人的控制下那样，准确地说，就像以前在法国人的控制下那样。他满意了。没有什么比检查你的证件是否合法更能让警察们开心的了。需要验明正身之后才能放行，就是这么回事。

“我想以个人的身份问问您，为什么您收养了一条蟒蛇，而不是一种，我想说的是更普遍的动物呢？”

“您想说的是为什么不是更普遍的动物？”

“是的。就是一种跟我们更接近的动物，一条狗，一只漂亮的小鸟，一只金丝雀什么的？”

“金丝雀？金丝雀跟我们更接近吗？”

“就是我们所说的家养动物。一条蟒蛇，完全不是能与人们产生感情的动物。”

“警长先生，您知道，感情这种东西是人们无法选择的。我想说的是有一种选择性的缘分，我想大概就是物理学上所说的亲密微粒吧。”

“您想说的是……”

“是的，人们遇上了就是遇上了，没遇上就是没遇上。我不是那种会去报纸上发一条二十行字的征友启事的人，说什么本人愿寻一位出生于良好家庭的年轻女性，身高1米67，栗色头发，蓝眼睛，小翘鼻，喜爱巴赫的第九交响乐云云。”

“第九交响乐是贝多芬的。”警长说。

“是的，我知道，可是这是一个什么都在变的时代……人们有可能遇上喜欢的，也有可能遇不上喜欢的，这件事没法弄。总之，男人和女人前世注定是无法相遇的，这就是人们所说的命运。”

“什么？”

“就是字典里的fatum（意为天数）和factotum（意为家务总管，主人公认为两个词是一个意思。——译注）两个词。谁也逃脱不了，我对此深有了解。希腊悲剧里就有，我有时候甚至怀疑自己有点儿希腊血统，希腊悲剧里总是不一样的人遇上了不一样的人，正因为这个，希腊悲剧才会即将从高考考点中删去。”

看起来我的这番话让警长有点儿摸不着头脑。

“您的这套逻辑可真够奇怪的，”他说，“不好意思，我说的是您思考问题的方式。”

“是的，这听起来有点像绕圈子，我明白，”我说，“健康知识分子思维方式的第一准则就是紧扣主题。我们说的是‘希腊悲剧’，不是‘希腊的幸福’。”

“我看不出这有什么政治意味。”

“什么都没有。我正是这样跟我办公室的同事解释的。”

“什么？”

“对，他千方百计拖我去‘游行’，我要为‘游行’两个字打上引号，我只是引用他的说法。我不想去，这事跟我没关系。所有这些就如蜕皮一样，只是换一副皮囊，其他一切还是一模一样的。天命，您懂吗，希腊就是这样。”

警长仍然是一头雾水。

“您确定跟您没关系？”

“没有关系，我有我的倾向，谁爱去谁去吧。蟒蛇们就是最好的例子。它们蜕皮，它们总是会重新开始，这是由它们的天性决定的。它们换了新皮肤，但是它们还是会回到从前，只不过是换了的皮肤看起来更新鲜罢了。最好是像蟒蛇这样有计划地换装，最好是由一些人给另一些人做计划，这样才会有惊喜，才会成功。得克萨斯州出现的那块大斑点也是这个道理，您一定在报纸上得知了吧。从前人们从来没有见过这种东西，我一开始特别激动，以为希望出现了，不过这种热情很快平息了。如果有人真的能为其他的人试一把的话，在我们周围环境中的某一个地方——他们称之为‘生活圈’——我想可能会出现一种有趣的变化。必须有人对此感兴趣，而从前从来没有人对蟒蛇感兴趣过，太遗憾了。我没有去游行，并不是因为您是维持秩序的人，我才这么为自己辩护。从巴士底广场到巴黎公社墙，出于传统和习惯的原因，游行的队伍洋洋洒洒从头到尾足有三公里长。不过我呢，我只要负责好两米二长的距离就行了，我把这个称为‘大亲热’的尺度。如果它愿意的话，可以达到两米二二，它只要努点儿力就能再长两厘米。”

“您办公室的同事，他叫什么名字？”

“我不知道，我们不是特别熟。您看出来了吧，不论是三公里还是两米二，这都不重要，不必为尺寸问题烦恼，我对办公室里这哥们说尺寸算不了什么，蟒蛇总归是蟒蛇，这是自然注定的。”

“您的思想很健康，”烦恼先生说，哦不，是警长先生，“如果所有的人都像您这么想，世界就消停了，今天的年轻人都太肤浅。”

“这都是因为上街的缘故。”

“上……”

“上街。大街，是一个多么肤浅，多么表面，多么外露的地方。他们上街游行。应该要挖掘深层次的东西，挖掘内在的，黑暗中的，隐藏起来的东西，就像让·穆林和皮埃尔·布罗索莱特那样。”

“像谁？”

“我办公室里的哥们怒了，他说我是个受害者。”

“您办公室里的哥们，他叫什么名字？”

“他说我的蟒蛇好比是来自教堂里的安慰，他说我应该从我的洞里爬出来，应该在阳光下自由地伸展我的长度。当然，他不是这么说的，他对尺寸不感兴趣。”

“至少他是个法国人吧？”

“为了讨好我，他甚至说我是与常理相反的角色，不过我很清楚他这么说只是想让我开心。”

“库森先生，您应该时常来见见我，从您这儿我们知道了不少事情。不过试着把名字和地址记下来，多交些朋友总是有好处的。”

“我提醒过他，自然界里的错误不能靠手里的枪来纠正。”

“等等，等等，他跟您提到过手里的枪？”

“不不，不是的。是徒手，徒手回力球，这是他的专长，他向所有的人分发这玩意儿。刚才是我脑子走神，一时口误。您想到的手里的枪，对于一条蟒蛇来说意味着震动效应。手里的枪，这是一种表达方式，是法语里的老俗语。”

“当您威胁到他的时候，他说了什么？”

“他气坏了，他对我说我是个拒绝出生的婴儿，就是他跟我提起堕胎所的，您知道吗？这牵涉到全国医师协会罗塔-雅克布教授的立场问题。”

“谁？”

“他是法国的一个大人物，他已经没有痛苦了，他绝对跟此事没有任何关系。我对他说：‘好吧，那么您是怎么让我来到人世的呢？’”

“您对罗塔-雅克布教授说？可是他不是助产士。他是著名的外科医生，最有名的之一！”

“当然，但是生孩子的时候也会遇到手术问题，就像我们办公室里的一个哥们在九层的楼道里说的那样，在‘出生证明’中会有手术干预的记录，也就是说剖腹产。如果孩子出不来的话，就必须开个口子。您明白了吗？”

“我当然明白，库森先生，要不然就不会派我来当第五区的警长了，这儿这么多学生，这么多大学，必须要弄懂他们才能搞定他们。”

“当我拒绝加入从巴士底到巴黎公社墙漫漫三公里的游行队伍的时候，他的确气坏了。就是在那时，他把我叫做违背常理的角色……他朝我大声说道，我是个拒绝出生的人，我是个装模作样的家伙，他甚至骂我是头可怜的猪，接着他走了。等他走了以后，我对他说我的确是一个违背常理的角色，正如所有正在受苦的人一样，我为自己感到骄傲。我们呼气是为了吸气，如果吸气就像基督徒们所说的那样是违背常理的举动的话，那么，说句不尊敬的话，常理关我屁事，我需要的是温柔、爱情和他妈的友谊。”

“您做得好，我要恭喜您。这正是警察要做的。”

“警长先生，我并没有说您是违背常理的，就是说我并不想惹您生气。因为我的思维方式的缘故，我说话老是在绕圈子，我只是想简单说明我的观点，可您会认为我在卖弄辞藻。恰恰相反，警察是一种完全合乎情理的东西。”

“库森先生，我很高兴听到您这么说。”

“那么好吧，您问我为什么要收养一条蟒蛇，我来告诉您，我这个善意的决定是在一次公司组织的去非洲的旅行中做出的，当时我未来的未婚妻德雷福斯小姐也一同前往了，她跟蟒蛇一样都来自非洲。非洲的原始森林让我印象深刻，那潮湿的空气，遍地的腐蚀物，升起的水蒸气……一切都象征着生活的起源啊。那种沸腾的景象，那种生机勃勃，只有看到过才能更好地明白，大自然是多么有趣啊，让人想起让·穆林和皮埃尔·布罗索莱特……”

“等等，等等，您刚才提到的名字是？”

“没有，我没提到谁，我只是做了一个抽象的比喻，没必要深究，他们已经完蛋了。”

“如果我理解得没错的话，您养蟒蛇是为了更好地与大自然保持联系？”

“听我说，我很焦虑，我有很多可鄙的恐惧感，有些时候我觉得我再也无法给予。如果有不可能的尽头，也不会是法国的。在那个伟大的年代，笛卡尔或者是某个其他的人说过一句绝妙的话，我十分肯定，可是我不知道那句话是什么，但是我依然决定直面事实真相，以便减少自己的恐惧。我的问题，焦虑先生，就是警长。”

“您什么都不必怕，您现在在警察局里。”

“当我在阿比让的酒店前面看见这条蛇，我马上明白我们找到了彼此。它蜷缩着身子，我觉得它想要自己消失掉，想要把自己藏起来，想要退缩到别人找不到它的地方，它是如此害怕。您真该看到我们那个团的导游女士看到这条可怜的家伙时一脸厌恶的表情。当然，德雷福斯小姐不会这样。有一次，她甚至在香榭丽舍大街上注意到了我。第二天，她向我十分低调地表示了她的感受，她对我说：‘我礼拜天在香榭丽舍大街上看到了您。’总之，我立马收养下了这条蟒蛇，甚至都没有问价格。那天晚上在酒店里，它爬上了我的床，它跟我好好地亲热了一番，所以我就管它叫‘大亲热’。至于德雷福斯小姐，她来自圭亚那，她有一个法语名字，她的名字借用自德雷福斯将军，就是那个没有罪的德雷福斯将军，因为他为这个国家做出的一切，他在圭亚那当地非常有名。”

我本想把这场谈话再延长一点，因为说不定友谊能从中而生呢，虽然人们之间互相不了解，但是他们也能感觉到彼此存在共同点。不过，警长先生看起来已经精疲力竭了，他害怕地看着我，这让我觉得我们之间更加靠近了，因为我也害怕他身上的蓝色。他伸出一只微微颤抖的手，并说出了一句对我表示出兴趣的话：

“您有汽车税票吗？”

我每年都买一张汽车税票，为的是让自己觉得很快就能买车了，这是出于一种乐观的态度。我想要跟他解释所有的一切。

“如果您愿意的话，我们可以周日一块儿去卢浮宫。”我向他提议道。

他更加诧异了，显然，我的话震住了他，所有的书里都会这么写。我站在他跟前，我离他越来越近，脸上没有半点退缩的表情。半个小时前他就对我感兴趣了。我是个很容易动情的人。我需要把自己献给另外一个人。而这个警察局的警长就正是另外的那个人。也许是因为我对他表现出好感的缘故，他一脸尴尬。在这种情况下，出于习惯，人们一般会四下张望。这是人类的尊严使然，就像看到流浪汉，人们会四下张望一样。此外，大诗人弗朗索瓦·维庸在一句诗歌里早已预言过：在我们之后人类皆如兄弟般生活在一起……他预见了未来，人类皆兄弟，总会有这么一天的。

他站起身来。

“好了，我该去吃午饭了……”

这不是一种邀请，不过他仍然想到了这一点。我拿起一支笔写下了我的名字和地址，以备警察巡逻时的不时之需。

“来到警察局我很高兴，我感到安全了。”

“我现在有点缺人手。”

“我理解，我知道。缺人。”

他跟我很快地握了握手，然后转身离开去**吃午饭**了。吃午饭三个字是我有意突出的，这是为了证明我没有丢掉故事的主线，这正好与我之前谈论到的喂食问题有关。

7

总之还是该找点别的东西喂“大亲热”。我不愿意喂它吃小白鼠，也不愿意喂它吃豚鼠，想到这个我就难受，另外我自己也有一副敏感的肠胃。

我已经向约瑟夫神甫坦白了这一点。这样人们就知道我时刻清楚自己写到哪儿了，同时这也是我的问题所在。

“我对给它喂食的问题无能为力。一想到要喂给它吃一只可怜的小白鼠我就难受。”

“喂它吃灰老鼠呗。”神甫说。

“不管是灰老鼠还是白老鼠，对我来说都是一回事。”

“买一堆老鼠来，您就不会那么在意它们了。因为您一只一只地买就会格外在乎每一只。买上一堆不知名的，这对您造成的影响就会小得多。如果您只盯着一只看，它就个别化了。杀一个我们认识的人总是很难。我在战争期间当过随军牧师，我知道我在说什么，人们从远处杀人远比站在近处容易得多。飞行员投炸弹的时候，是从很高的地方看下去，杀人的感觉就淡多了。”

他若有所思地抽了一口烟斗。

“那要不您想要我怎么做，”他说，“这是自然规律。每个人都需要吃下自己舍不得的东西。食欲这回事，您是知道的……”

他叹了口气，为的是全世界的饥荒。

老鼠们无法表达自己，这让我慌了手脚。它们对周围被庞然大物包围的世界表现出极大的恐惧，却只能通过尖尖的小脑袋上两颗瞪大的小眼睛，而我却拥有大作家的文笔，画家和音乐家的天分。

“巴赫的第九交响乐中很好地表现了这一点。”我说。

“是贝多芬的。”

总有一天我会被这帮人气死，他们就是不愿意改变。

“不管是灰色的还是白色的都会让我心软。”我说。

“您的顾虑太多了。再说，如果我没记错的话，蟒蛇吃东西不会嚼，它们直接往下吞，您明白了吧，心软的问题不会妨碍到您的。”

我们之间真的无法互相理解，接着，他突然想到了一个办法。

“可以请其他的人来喂您家的动物。”

我着实愣住了，为什么我为这个问题烦恼了这么久都没想到这一点呢，我的确缺少了某些东西。

我因惊讶一时语塞，只能眨巴着眼睛，这还是那个哥伦布鸡蛋的故事，我把简单的事情想复杂了。

我试着做一点补救。

“我刚才说到心软的时候，我不是在说肉的质量。”我说。

“您的痛苦太多了，”约瑟夫神甫说，“就是说过量了，库森先生，我为您感到有点儿悲哀，您为什么如此同情蟒蛇而不是您的同类呢？”

我们越来越无法相互理解了。

“什么叫过量了？”

“您缺乏爱，跟所有其他人的所作所为不同，您爱上了蟒蛇和老鼠。”

他把手放在账单上，又把账单拍到了我肩上。

“您缺少基督徒的顺从，”他说，“要懂得接受。有些事情是我们无法把握也无法理解的，我们需要承认这一点，这就叫谦卑。”

顿时，我对办公室里的那哥们充满了同情。

“库森先生，我们无法治愈蟒蛇引起的厌恶，也无法治愈老鼠的脆弱。您的痛苦来自不正常的欲望并最终导致错乱。找个年轻、简单、勤劳的女人结婚生孩子吧，自然的规律，您不用多想就能看到。”

“您建议的姑娘可真有趣，”我对他说，“我一点儿也不想找这样的。我该付多少钱？”

我对酒吧的伙计说。

我们俩同时起身，我们握了握手，旁边还有几个人在玩弹子球。

“从实际的角度来看，您的问题总是能解决的，”他对我说，“您家有打扫卫生的吧？她可以在您不在的时候，每周过来给您那畜生喂食一次。”

他迟疑了一会儿，他想尽量客气点，可还是迫不及待地往外走。

“您知道，这个世界上还有很多孩子在挨饿，”他说，“您应该经常想想这些，这对您有好处。”

他踩扁了我，他把我撇在了路边，路边躺着一颗烟头。我回到家，躺在床上看着天花板，我特别想要一个拥抱，我真想上吊。幸运的是，“大亲热”因为怕冷爬了过来，把我围得严严实实的，正是为了这个，我狡猾地关了家里的暖气。它环抱着我，满意地发出哄哄声，当然蟒蛇不会哄哄地叫，这是我为了替它表达满意的心情想象出来的，这是我们之间的对话。

8

第二天，我提前一小时就跑着赶到了办公室，他们还在打扫卫生，我就想看一眼办公室里的那哥们，仔细看看他的模样，我不是每天都能看到他。前台的职员告诉我他不在办公室，他去培训了，我并不想问清楚到底是什么样的培训，我不想知道。

回家的时候，我习惯性地在一个友善的男人身边坐了下来，他让我感觉良好。不过在一节有一半的座位都空着的车厢里，他显得很尴尬，他对我说：

“您不能坐到别的地方去吗？还有别的位子呢。”

这是由人类的接触导致的尴尬。

更有意思的是，有一次在文森纳站，我和另外一个友好的人一起走进了一间完全空着的车厢，我们两个人坐到了一条长凳上，紧接着我们又一齐站起来找了分开的位子坐下。这是一种焦虑。我咨询过一位专家，波拉德医生，他对我说，一个在大都市里每天生活在一千万人当中的人感到孤单，这是正常的。我得知在纽约，有一种电话服务可以在您迷失方向时告诉您您在什么地方，一个女人的声音会在电话里跟您说话，让您放心，并且鼓励您继续前行。不过在巴黎，当您拿起电话，不但没有电信局的人跟您说话，就连拨号音都没有。这些混蛋会冷冷地告诉您这个事实，没有拨号音，什么都没有。他们竟然还发起了反对妓院的运动，理由是为了人类的尊严，简直是关他们屁事，这都是那些伟大的政客们想要搞的。我无需站在我的角度去评判繁荣发展的堕胎所的好坏，我也不需要去评论我们的体制。当我们身处其中的时候，我们无法置身其外。我只是想从一个局外调查者的角度提供尽可能多的信息。不久之后的将来总会有智者去关心这些，去试图解释这些曾经发生的事情。

我同样还知道在大自然中有无数的选择，花，大雁，狗，不过当要选择一种去爱的时候，偌大的一个巴黎里不会有任何人对一条可怜的蟒蛇感兴趣。

正是出于这样的思虑，我决定要搞一场普及运动，我想让人们看到，要让人们理解我。这是一个巨大的决心，它绝不会改变，痛下决心是一件重要的事，这是一种崇高的美德。

于是，在一个天气特别好的早晨，我把“大亲热”搭在肩膀上，走上了街。我带着“大亲热”四处散步，我昂着头，就像一切都很正常一样。

可以说我成功地引起了关注。我从来没有如此被关注过。人们围着我，跟着我，与我说话，他们问我它吃什么，它有没有毒液，它咬不咬人，它会不会勒人，总之都是些友善的问题。当人们第一次见到一条蟒蛇时都会问这些问题。与此同时“大亲热”在睡大觉，这是应对强烈刺激的一种方式。当然，偶尔一些人也有不好的评价。一个大胸脯女人提高嗓门说：

“那家伙，他就是想显摆。”

没错，不然该怎么办呢，把自己淹死吗？

一连好几天我都带着“大亲热”在街上散步，这个举动招来的偏见、仇恨、藐视，都是由于人类之间缺乏接触，缺乏联系，人与人之间互相不了解导致的。我对这些天所收集到的信息做了个总结。

从身体方面来看，“大亲热”很美，它有点儿像大象鼻子，它很友善。显然人们第一眼就发现它不同一般。我真诚地认为它成功地让许多人认识了它。我礼貌地回答了人们提出的问题——除了当被问及它吃什么的问题时之外，我得承认，这个问题让我很生气，我得实事求是，上帝啊！——不过，总体上我没有进行冗长的说教，我不想做出有意做宣传的样子。人们需要一点一点地找到方向，学会相互理解，他们只能靠自己来做到这些。

我与“大亲热”在巴黎的散步最后因警察的干预而告终。理由是禁止以在大街上展示危险动物的行为扰乱公共秩序。

不过还是来看一段有关我们研究主题的更详细的描述吧。

最可怕的是下面发生在一位住在37号的退休老人身上的事情。人们突然被他的样子吓到了，他从来没有跟任何人说过话，为了看起来不像要饭的，他开始跟每一个人解释他为什么如此绝望，因为他爱的一条狗死了。所有的人都很同情他，可是随后人们回忆起他从来没有养过狗。但是他老了，他希望人们觉得他是一个曾经拥有过又失去过某个人的人。人们任由他说，毕竟有没有都不重要，之后他就这么死了，很悲哀，也很幸福，因为他终究是曾经拥有过又失去过某个人。

我刚才说过“大亲热”很美。当它在地毯上欢乐地爬来爬去时，它鳞片上的绿色和浅褐色的花纹在灯光下看起来很和谐，而且与地毯的颜色十分搭配，凑巧我选的是深绿带泥土色的地毯，这让它有在大自然里的感觉。地毯本身的颜色倒不重要，但对于“大亲热”和我自己来说，生活环境很重要。我不知道蟒蛇是否能分辨出颜色，不过我做了我能做的。它的尖牙是微微地朝喉咙里长的，每当它咬住我的手向我示意它饿了的时候，我总是小心翼翼地把手从它的嘴里慢慢拿开，以防蹭破皮。每天我只能让它独自待在家里，因为我不可能把它带到办公室里去。这会招致不少闲言碎语。这太遗憾了，因为我在统计部门工作，没有什么比孤独更糟糕的了。当您在与数十亿数字打交道中度过一天后回到家时，您会感到自己一文不值。数字1是多么的可怜，它绝对是个穷光蛋和忧愁鬼，就像演那些非常伤感的喜剧的查理·卓别林一样。每次我看到数字1，我都想帮助它逃走。它没有父亲也没有母亲，它依靠社会资助，它生来就是一个人，它身后是想要逮住它的0，而它前面有一大群数字黑帮对它虎视眈眈。1是一份没有受精没有排卵的预出生证明。1梦想成为2，它为此不停地奔跑，像在演喜剧。这些都是微小的有机体。我总是去电影院看查洛特（主人公把查理叫成查洛特。——译注）的老电影，我像他一样笑，而不是我。如果我是导演，我会一直让戴着小帽子拿着手杖的查洛特演数字1，被胖子0追赶和威胁，0瞪着它看您的圆眼睛想尽一切办法阻止1变成2。它想要1变成1千万，不能少于1千万，因为只有数量众多才能挣到钱。没有这个数，就成了一桩赔本的生意，没有人会再去精子银行投资。这就是为什么查洛特总是一直在逃跑，总是孤身一人，没有结尾也没有开头。我在想他吃的是什么。

生活因其无聊而成为一桩严肃的生意。

9

我的父母亲撇下了我，死在了一场车祸中。人们把我交给一家人寄养，接着换了一家，之后又换了一家。我想这太好了，如此一来我就能周游世界了。

为了不感到孤单，我开始对数字产生了兴趣。从十五岁开始，我便通宵达旦地算数，一直算到几百万，寄希望于算数能帮我找到对象。最后我在统计部门找到了工作。人们说我天生是跟大数字打交道的，我曾经想去适应，去战胜焦虑，统计工作就是做计划做调整。正是因为这样，那天我独自一人站在房间中央的时候把尼亚特太太吓了一跳，我张开双臂抱紧自己，差点把自己当成婴儿一样摇晃起来，我知道这是个小孩子的习惯，我有点不好意思。有了“大亲热”就自在多了。当我遇见它的时候，我一下子就明白我所有的情感问题都解决了。

不过我一直尝试着不仅仅倾向于一方，要保持平衡状态。我经常去找那些好心的妓女，我必须再次声明，“妓女”是一个高贵的词语，我怀着感激、公开的尊敬和赞颂美德之心使用这个词语，尽管在此我无法将一个与蟒蛇潜居在一起的男人对周围环境的感受全都表达出来。这仍然是一种翻墙的方式。妓女的心总是在跟您说话，只要您带着耳朵去听，它永远不会对您说见鬼去吧。我带着微笑把耳朵贴在她的心上，我们能听到彼此。有时候我对那些女孩子说我是医科大学生。

我坐在一只沙发上等待，我带着“大亲热”，它用它那两米二的手臂环抱着我。这就是被人们称为生命体的“需求状态”。它的模样呆板，这与它原始的生活环境有关，显而易见，生活在石器时代，也就是大洪水到来之前的诸如海龟之类的东西都是这么一副模样。从五千万年甚至更早之前到如今来到这间一居室里，它的目光一直空洞。一个人从那么远的地方来到巴黎并且找到了家的感觉，他一定感到幸福又踏实。这关乎人生的哲学，关乎可靠的持久性，关乎生生不息永久不变的价值。有时候它会轻轻地咬我的耳朵，一想到这个举动在史前就有，我的心就格外痒痒。将来人们会明白我给出的这些信息，我等待着它更长远的发展，等待着它在进化过程中出现天才的一跃，等待着它用人类的声音与我说话。我等待着一切不可能的尽头。在很久很久以前我们都有过不幸的童年。

我经常就这么睡着了，在这条两米二长的可靠的胳膊的环抱和保护之下，带着微笑睡着了。

我拍过一张“大亲热”缠绕着我在沙发上睡着了的照片。我想把照片拿给德雷福斯小姐看，可是我又害怕她会认为我已经成家了。我或许应该向她解释，手臂的长度不是问题，关键是我们在一块呼吸，感受彼此。不过最好还是不要冒险去激发他人心中低人一等的感觉。

不过显然我与“大亲热”之间不同寻常的关系让我付出了很多代价。我认识的年轻女士里边几乎没有谁能够接受与一条蟒蛇共同生活。这需要极大的温柔和理解，这是一种真正的考验，一种测试，它能证明一切。克服人与人之间的距离，同一个与蟒蛇为伴的人走到一起，这需要真正的勇气。我确信德雷福斯小姐能够做到，另外，从她和蟒蛇具有共同起源地这一点来看，她已经有了优势。

有时候我在沙发里醒过来，因为“大亲热”睡得太沉险些把我勒死。这是焦虑的表现，吞下两片安定之后，我又继续睡下了。费舍尔教授在他研究蟒蛇和巨蟒的著作里告诉我们，蟒蛇们也会做梦。他没有告诉我们蟒蛇会梦到什么。但是，我深信不疑地认为蟒蛇们梦想找到爱的人。

在我的家里这很肯定。

10

出于直觉和理解的需要，我决定与蟒蛇一起做梦。我们显然不能把自己置身于蟒蛇的位置上，因为我们是人，我们会与它发生冲突，但是通过心灵感应的方法我们设身处地感受他人。我对自己发现的科学依据不是特别确定，尽管如此，我还是通过这种方式得出了结论，蟒蛇梦想得到爱。

很快我发现了好几项令人震惊的事实。

我的第一个发现就是我长得很帅。人们说我的笑容很美。我很低调地说到这个，因为这里涉及的并不是我本人。至于与我本人相关的话题，如果我胆敢自命不凡地表现一下自己的话，我想说有一天我曾向一个好心的妓女提出过这个问题。我在此使用的是人们对她们惯用的称呼，为了表示接近和友爱，但是我不赞同其他人的观点，因为他们的称呼带有贬义，而我绝对不想贬损妓女。我问她对我的外貌有何评价。她显得很惊讶，因为她觉得我们之间的事情已经结束了。她在门口停了下来，朝我转过身。这是一个漂亮娇小的金发姑娘。

“什么？你问我什么？”

“你觉得我长得怎么样？”

她并非一定要回答我，因为我们之间的关系已经结束了，但是这是一种充满人性的职业。

“让我瞧瞧……我还没怎么好好地看过你。我们总是忙着干活。”

她仔细地打量了我，她很好心，没说好也没说不好。幸亏她之前没有这么做，要不然出于焦虑的影响我就办不到了。

“还行，你知道……还挺值的。你已经算不错的了。你看起来好像有点担心变老……”

她耸了耸肩膀，接着笑了，不是嘲笑。

“别担心，走吧，别想这些。再说，你知道，跟屁股有关的事情里，只有感情是真的。”

我突然有种想哭的欲望，就像人们偶然间看到某件美好的事物一样。所有的障碍都倒下了，人们重新团聚在一起的感觉总是如此美妙。在1968年5月那段最恐惧的日子里——整整三周我都不敢出门，我等待着希望，一切不可能的尽头，我甚至感觉不是我而是“大亲热”在做梦——有一次我从窗户向外看，我看见人们聚集在街上互相谈论着。

“再说，至少你眼里有神。大部分人都目光空洞，你知道，就像夜里交错而过的两辆汽车，只是为了不让别人眼花。好了就这样吧，再见。”

她走了，我独自在房间里待了十分钟。我感觉很好。我体会到了满足感和认同感，我不知道这个词的意思，但是在我想表达对陌生人的信赖时，我总是用这个词。

凑巧的是第二天“大亲热”开始蜕皮。这是它来到我家生活之后第二次蜕皮。

蜕皮开始的时候，它全身呆滞，样子让人很恶心，它不再相信任何人。它的眼睑变成白色，奶白色。接着它的旧皮肤开始剥落，这是一个神奇的时刻，这是重生和重振信心的开始。当然它换上的还是同样颜色的皮，不过，“大亲热”非常开心，它兴奋地在地毯上蹿来蹿去，我也很开心，没有理由的，这是最好的开心方式，最真实的开心。

在统计部里，我哼着小曲，搓着双手，高兴地跑来跑去，同事们都注意到了我的好心情。我给自己买了一束花，我开始规划未来，之后一切都平静了。我穿上外套，戴上帽子，系上围脖，回到自己的一居室里。我发现“大亲热”又重新独自蜷缩在角落里。欢乐结束了。不过有欢乐的时刻还是令人激动。就是那些欢乐的预感也很好，它让生命体充满期待。

11

其实我的主要问题不是在自己家里的问题，而是在别人那里的问题。在大街上的问题。这个词在上文中不断地出现，在巴黎地区有一千万平凡的人，但是人们感受得很清楚，他们并不存在，而我有时候觉得有一亿人都不存在，这是焦虑的表现，是一种巨大的缺失感。我因恐惧虚无流汗，不过我的医生说这没什么，对空虚的恐惧是大数字的一部分，正因如此，人们一直努力让小数字适应它，这是现代数学提出的观点。作为一个黑人姑娘的德雷福斯小姐怕是要格外地受苦了。我们是天生的一对，但出于“大亲热”的原因，她还在犹豫。她一定在想，一个被蟒蛇环抱着的男人一定想找一个不同寻常的人。她对自己缺乏信心。不过，就在我们在香榭丽舍大街上的相遇过去不久，我想试着给她一点援助。我早早地来到公司，在电梯前等着德雷福斯小姐，准备同她一道旅行。在作出决定之前，我们还需要彼此多了解一点。在我们一道旅行的时候，我们能发现彼此，了解彼此更多的东西。事实上大部分乘电梯的人都是笔直僵硬地站着，互不张望，避免做出侵犯他人地盘的样子。电梯里的情景很像英国的俱乐部，除了人们都站着每层都停之外。电梯到达公司统计部的时间是一分零十秒，如果每天都坐电梯，就算大家都不说话，久而久之我们也会结交到一小帮电梯常客朋友。相遇的地点是最重要的。

我和德雷福斯小姐一道旅行过十四次，每次都不赖。幸运的是，电梯不大，只够八个人舒服地待在里面。在乘电梯的整个过程中，我都保持着有表现力的沉默，我不想当善于搞笑的活宝，也不想做旅行团的导游，因为五十秒的时间不足以让人们理解自己。当我们在第九层走下电梯后，在统计部门前，德雷福斯小姐跟我说话了，她马上直入主题。

“您的蟒蛇还好吗？您还一直养着它吗？”

就这么直接地，她直直地看着我的眼睛，女人啊，当她们想要某种东西的时候……

我屏住了呼吸。从来没有人向我主动示好，我还没有准备好如何应对这种妒忌，如何答复这份做出选择的邀请，“是它还是我”。

我在摇摆不定的时候说了一句蠢话，一句蠢得要命的话。

“是的，它一直跟我生活在一起。您知道的，在巴黎这么大一个城市里需要找个爱的人……”

爱的人……跟一个年轻女人讲这句话是多么愚蠢。因为出于自然而然的误解，她会理解为我已经有了爱的人，多谢。

我记得很清楚，她穿着高筒靴子，一条不知道什么材质的迷你裙，一件橘色的上衣。

她很美，我也许能把她想象得更美一点，但是我打住了，以免拉大我们之间的距离。

如果我没有养蟒蛇的话，不知道有过多少个女人了，选择的尴尬，真是让人焦虑。我并不想让人们以为，我养了一条全世界都不愿靠近的蟒蛇是为了保护自己。我养蟒蛇是为了找到一个……的人。请您原谅，这不是我的初衷，对我来说事情总是这样。

当我对她说我已经有爱的人的时候，她用一种特别的方式看着我。不过，她没有表现出受委屈和受伤害。不，一点也没有，巴黎的黑人们都很有尊严，因为他们习惯了。

她甚至朝我一笑，她的笑容有点悲伤，好像她有痛苦似的。不过微笑总是带着点悲伤，必须要从他们的位置来考虑。

“走吧，再见，开心。”

多么礼貌的一句话，还朝我伸过手来。按以前的老习惯，我该去吻她的手，尽管没什么道理。不过这么做可能会让我看起来像大洪水到来之前的人类，绝对不能这么做。

“走吧，再见，开心。”

于是穿迷你短裙的她走了。

我留在原地，真想打开煤气去死。正当我准备从这件事的影响当中回过神来的时候，办公室里的那哥们抱着摞在一起的五个废纸篓像个运动员一样走了过来。

“你在这儿干吗，大亲热？看看你这副模样！”

他们在办公室里都叫我“大亲热”，这是他们脑子里的思想在作怪。我觉得这一点儿都不可笑，可他们还是照说不误。

“你到底怎么啦？”

我一贯对他心存戒备，不知道为什么，我觉得这哥们一点儿都不可靠，他甚至让我有点害怕，我一直觉得他别有企图，他扰乱了我的生活。不过，这是警察应该管的事，我不必操心。他是那种在办公室就好像在自己家里一样的人，其实不只是好像是。我对那些总是企图让人有负罪感的人格外小心。这哥们儿老是一副消息灵通人士的模样，狡猾的眼睛是完全法国式的，眼神里充满讽刺，什么都明白，好像在对你们说，他很懂套路，跟着他什么都能搞定。

我不喜欢他用那种气愤的样子看着我，好像我伤害了他。我有我的尊严，我不容许任何人冒犯我。

“对了，”贴在废纸篓后面的他说，“我们周六晚上有个会，你来吗？这会让你从此改变。”

这都是些野心勃勃，要求苛刻，自命不凡的人，实质上就是法西斯。这不是因为我对反对法西斯失去了希望，但至少要有真正的民主，人们可以知道为什么，如果不再有自由，就不可能有什么民主了。我们应该有为自己辩白的权利。有些人因为过于恐惧死亡，甚至干脆自我了结以图清静。

“八点半开始，在互助会，来吧，从你的洞里走出来吧。”

如果有一件事情确实惹毛了我，那就是他们老说我住的地方的坏话。我的住处对我来说是最重要的地方。每一样东西，每一个物件，家具、烟灰缸、烟斗，都是经得起时间考验的朋友。每晚我回到家里，它们都在原来的位置，它们给我可靠的稳定感，这减少了我的焦虑。沙发、床、椅子的中间是我的位子，当我按下一个按钮，灯照亮了一切。

“我的房间不是一个洞，”我对他说，“我根本就不是住在洞里，我住的地方很好，我有地址。”

“你总是在自己的世界里，你什么都看不到，”他朝我大声说道，“我不是非得关心你，你别生气，但是看着你我很难受。好了，周六跟我们一块儿去吧。我的手占着，从我口袋里拿出那张纸条来，上面有日期和时间。这会让你从此改变的。”

由于我的软弱，我犹豫了好一会儿，还是拿了纸条。人们可能不太明白，软弱也有一种非凡的力量，所以软弱很难抵抗。不过我也不想被当成只对蟒蛇感兴趣的自私分子，同样道理，我也不是要给耶稣发诺贝尔文学奖的那类人。我的体温总是很奇怪地显示为36度6，我感觉外界的物体都只有零下5度。我想这种热量的缺乏将会随着阿拉伯人新的能源发现而得到改善，科学研究已经给出了答案，将来只要给自己接通电源就会有被爱的感觉。

12

这一切对我而言确切无疑，无可辩驳，为此我给几个出版商寄去了如下的信，我的信写得格外谨慎，尽管我的作品还不够成熟，并且充满杂乱的尖叫，将想法扼杀在未孵化的鸡蛋状态是最常用的办法。

先生：

随信附上我的蟒蛇之巴黎生活观察记录，这部作品是本人长期生活经验的结晶。我并非不知道目前反映潜伏状态的作品繁多，不过每一种潜伏的状态都在等待。如果不予答复，按照惯例，我将另投别处。

此致敬礼。

我特地用了干脆和确信的口吻威胁他们，让他们明白我还有别的可能。我没有具体提到这些可能，我当然没有，不过要显出有很多可能，也就是说有无限的可能的样子。我一下子感觉好多了，没有什么比无限的前景更好。

人们随后会注意到我没有在信里提及女人的主题，这是为了让我的语气听起来不那么像忏悔。

我刚刚放下笔就听见门铃声。我一边跑去开门，一边迅速地梳理了一下头发，整了整我的蓝点黄领结，就像每次有人敲错门时我所做的那样。不过，这次没有惊喜，门外站着的是我办公室里的那哥们，还有两个我从未见过的家伙。办公室的哥们朝我伸出手来。

“我们从这里经过，我们几个琢磨着来看看蟒蛇，可以吗？”

我很生气。有一件事情我特别在乎，那就是我的私生活。我不同意别人不打招呼就跑到我家来。私生活是神圣的，这正是某些国家的人们已经失去的东西。我也许正在看电视，或者正在无拘无束地思考，或者正为在法国能自由出版任何书籍想入非非。说不定德雷福斯小姐正在这儿，让同事看见她在我家，得知我俩的亲密关系，会让她非常难堪。出于对名声问题的考虑，黑人姑娘必须比别的人更加小心谨慎。

我什么都没有说，我无缘无故地焦虑起来，还好德雷福斯小姐不在。

他们进了屋。

我甚至没来得及把让·穆林和皮埃尔·布罗索莱特的照片从墙上取下来。我不喜欢别人嘲笑我，就像所有人一样。首先，对于一个生活在有一千万人口的大都市里的人来说——对不起，我又重复了，我会慢慢习惯不再重复的，如果可能的话——必须有一些完全属于自己的东西，一些玩意儿，要么是集邮，要么有些自己的梦想，要么有些自己的小秘密，总之，要有一种内在的生活。我不希望任何人，真正意义上的任何人自认为，在看到墙壁上的两个真人的照片后自认为，我热衷于沉醉在懵懂迷糊的状态里接受别人的忽悠，然后被洗脑。如果洗脑效果没达到，他们就会继续忽悠。这就是法西斯分子所说的“要一直相信一直期望”。这是彻头彻尾的法西斯分子们的做法，就是这个直接引发了政治问题，引起了一系列像青春痘一般冒出来的事情，就像俄罗斯冬天之后的布拉格之春。当我看到“大亲热”自己不断地打结直到完全无法自己解脱的时候，我更加珍惜我的自由和我待在家里自娱自乐的权利了，我的内在生活很重要。总之，人们不该指责我没有喂养过蟒蛇，因为当我出生的时候，这两位抵抗运动的英雄就已经去了另一个世界，从本意到引申意义上的另一个世界，人的世界，他们已经在那里诞生了。

他们看了我的蟒蛇很长时间。“大亲热”在地毯上打盹，浑身软塌塌的，就像一条泄了气的自行车轮胎。它喜欢浑身软塌塌地趴着，它此刻没有绷紧肌肉打滚打结在地毯上爬来爬去。

“不错嘛，你很幸运地找到了一个人照顾你。”办公室的哥们说。

这话没让我高兴起来。我憎恶他的玩笑。

他的一个朋友问道：“它吃什么？”

这是一个我不喜欢的问题，于是我装作没听见。

“蟒蛇，它吃什么？”他又问了一遍。

“面条、面包、奶酪，就是这些东西啦。”我对他说。

蟒蛇吃老鼠、豚鼠、活兔子的想法让我恶心，我尽量不去想这些。

“我们拿了点东西给你读。”办公室的哥们说。

他们掏出来的还不就是那些小册子、小传单、小文章之类的东西。

“你应该找到自己的方向，”办公室的哥们说，“读读这些，多知道点东西，你不能再这么下去了，你还能走出去。”

我把烟斗装满点燃，学着英国人的样子。当我焦虑时，我就尝试着把自己想象成英国人，因为英国人有沉着冷静的一面，这样就没有什么能够伤害到我了。

“他们最终会逮捕你的，你知道吗！”办公室的哥们说，“邻居或者是别的什么人会发现你，他们把你带走，然后说是因为你健康出了问题。”

“我取得了许可，”我对他说，“我有在家养蟒蛇的许可证。我是守规矩的。”

“这个嘛，我很肯定，”他说，“我们所说的活着就是守规矩。”

他们走了。我走近我可怜的“大亲热”，把它搂在怀里。在一个没有亲热的城市里当“大亲热”真难。我坐在床上，我把它搂在怀里久久地看着它，我似乎感觉从身边得到了一个回答。我甚至置身于它的位置上流下了眼泪，因为它不是人类，它不会流泪。

我办公室的一个同事从突尼斯南部度假回来，浑身晒得黝黑。

我提到这个是想表明我懂得看到事物好的一面。

13

这天晚上，我做出了一个不可思议的举动，正如办公室的哥们说的，为了“走出去”。我在地窖街的栗子树餐馆默默地享用晚餐。旁边坐着的那一对中年夫妻完全没有想搭理我的意思，好像我是个外国人，他们正在吃牛排加薯条。

我不知道哪里来的勇气干出了下面的事情。我当然一直想要与办公室的哥们找到些共同点，形成多年的习惯促使我这么做。但是，我的内心总是被一股在社会上要安分守己的力量所压制，因为这么一个大城市里做出出格的举动必将为自己造成尴尬。可是，出格的举动还是肯定会偶尔为之。

我做出了下面的举动。

我伸出手去在他们的盘子里拿了一根薯条。

我要特别强调一下是在他们的盘子里，此举实在异乎寻常。

我把它吃了。

他们什么也没说。我想他们甚至没有注意，因为此举实在匪夷所思，实在异乎寻常。

我又拿了一根薯条。我很软弱，冲动战胜了我，我在继续。

第三根薯条，第四根薯条。

我浑身冒冷汗，冲动控制了我，相信我吧，软弱是无法抑制的。

我完全被内心强大的冲动惊呆了，我走了出来，我突破了。

再来一根薯条。

伟大的友好突击队队员。

我不知道接下来发生了什么，只感到像地震了一般，一切一片混乱，等我回过神来，一切还是照旧，什么都没发生，什么都没改变。我坐在那里，摆在我前面的是醋拌洋百合，坐在我旁边的是一对夫妇，他们吃着牛排加薯条。

所有这一切都只是在我强烈的内心世界里进行的。伟大的突击队员进行了一次突破的尝试，但是他又退了回来，连一根薯条都没碰。这正如人们写在墙上的“想象的力量”，因为这是写在墙上的，所以到处可以看到。在墙上人们想写什么就写什么，而且能保持很长时间，因为墙壁很结实，墙上的涂鸦证明了这一点。

我经历了极度的恐惧，差点晕倒过去，幸好我还没有晕倒，也没有被人注意到，我太幸运了。不过我对自己怀有这个想法感到高兴，应该这么做，我并不是假装谦虚地说。

在此之后，我蹒跚着回了家，刚才的经历让我精疲力竭。我看了一眼办公室的哥们带给我的那些文章。当然他们不全都是我办公室的哥们，不过这是一回事。我小心翼翼地翻看着这些传单、册子和小报，我说“小心翼翼”，并不是因为我特别担心公共安全的问题，而是我做所有事情都小心翼翼，这是我的原则。我从中没有找到任何与当前的作品有关的东西，于是把它们统统扔进了废纸篓。然后，我抱起“大亲热”，把它搭在我的肩膀上，我们俩好好地待了一会儿，这让我们自我感觉良好。有很多人自我感觉不好，因为那根本不是他们的自我。

14

我们在想入非非之中待了好一会儿。必须要告诉你的是，这已经是连续第十次我每天早上与德雷福斯小姐一起乘电梯了，前前后后的时间都加起来的话，我们在一起共度的时光已经足够长了。为了来点儿新鲜的想法，我给一到十一层每一层都起了名字：曼谷、锡兰、新加坡、香港，就好像我和德雷福斯小姐是乘坐游轮在这些地方环游一样，有趣极了。有一天，我尝试着有点儿幽默感，这是我像英国人的一面。当电梯到达第六层时，也就是我的地图上的缅甸城市曼德勒，我对德雷福斯小姐说："这次停留的时间太短，我们没有时间去参观了。"

她没有搞明白，因为我们并不总是在做同样的梦，她有点儿惊讶地看着我，我又说："新加坡的风景好像不错，他们那儿有中国的长城。"

不过，我们已经到了，穿着迷你裙的德雷福斯小姐走出了电梯，仍旧是一头雾水。

我整整郁闷了一天，我对一切都产生了怀疑，内心格外堵得慌。我也许完全弄错了德雷福斯小姐带给我的感受。作为一名黑人姑娘，她也许能够理解一条蟒蛇在巴黎的孤独，并且只是出于怜悯地经常关注一下我。我，我才不要怜悯呢，我对自己的怜悯已经够多的了。这让人焦虑。我不想对任何人的支持进行依靠，我想要一种不需要依靠的自由，我不想依靠任何人，因为他们会束缚住你的手脚，让你对不存在的东西产生依靠，让你觉得自己天生注定就是这副样子。我又想到，从星相学的角度来看，如果地球上每个人的未来都由一个星相来决定的话，那么20.2亿人的星相足够组成另一个银河系了。我认为让·穆林和皮埃尔·布罗索莱特属于超自然的先知先觉的一类，正因为如此他们被当成人类的错误给整顿了。这就是精子银行存在的理由。自由是一件特别麻烦的东西，如果自由不存在，至少得有个理由，至少人们得知道为什么。自由不仅仅与存在银行里的有关，还需要有某些其他的东西，需要有某些东西、某些人让我们去爱，比如说——我顺带说一句——需要某些人让我们无拘束地去爱。我坚决地反对法西斯主义，不过爱情毕竟是另一回事。我在此最后一次重申，如果有人还想纠缠下去的话，我就要发火了，我把“大亲热”留在家里的原因并不是因为我不爱其他的人，就算我不跟蟒蛇生活在一起，也不一定能找到其他爱的人。至少在一个有警察的国家，我们不是自由的，我们知道为什么，我们没办法。不过，在法国令人恶心的是，他们甚至让你找不到借口，与那些不幸的国家相比，这里并没有更多的居心叵测、精于算计和背信弃义的人。如果我们像非洲那样正经历着饥荒，或者因为军事独裁的统治长期处于供给不足的状态，那又情有可原，因为我们无法依靠自己。

回到家以后我非常焦虑，我从废纸篓里翻出办公室哥们留给我的小册子和油印传单，但是没有发现任何与我有关的东西，那都是些跟政治有关的东西。

15

我想神甫说得对，我有着美国式的过量痛苦，我已经达到了超额状态。我认为这种现象很普遍，这个世界正在为爱情过剩无处排放而痛苦，这让所有人都处于脾气暴躁的竞争状态。大量堆积的情感财富，几千年来的经济发展，物质储备，压箱底儿的情感旧账，从内部开始腐烂变质，除了从生殖器官排出以外没有其他通道。现在的滞胀和美元就是这么一回事。

由此我得出结论，在我们一同进行的电梯旅行中，德雷福斯小姐已经觉察到无法满足我美国式的过量需求，这与她的出身有关。巨大的热情总是让卑微的人充满恐惧。我们办公室里有一位名叫库克瓦小姐的秘书，她总是让大家发笑，因为她每过十分钟就要跑着去尿尿，她的膀胱一定特别特别小。

不过我依然保持信心。一个女人总是会对在特殊处境中遇到的男子产生兴趣，一个可以担负起喂养一条两米二长的爬行动物的重任的男人，一个愿意保护它满足它需要的男人，一定有可取之处。

除了上次旅行中向我提问以外，德雷福斯小姐没跟我说过别的话。也许是因为她感受到了我们之间关系的重要性，也许是她觉得不好意思。在我们谈论蟒蛇的时候，她一定感觉十分尴尬。这让我感觉到自己出生得太晚，错过了为自由平等抗争的年代，我再也无法为此做出贡献了。我错过了迫害犹太人的时代，错过了黑人低人一等的时代，错过了阿拉伯人被称为北非小山羊的时代，我不再有机会表现我的宽容大度，也没有办法来展现我的高贵。如果现在还有奴隶制的话，我就会马上娶德雷福斯小姐为妻，这会让我感觉自己很伟大。现在唯一让我感到伟大的时刻，就是把“大亲热”搭在肩膀上，让它跟我一起在巴黎的大街上散步，任凭周围的人嚼舌头：“我的天哪，真恐怖！真难看！这也可以吗！疯了吧！这玩意儿肯定会咬人，太危险了，恐怕会得传染病！”我昂着头自豪地走着，我抚摸着我的老朋友“大亲热”，我的眼里闪着光，我终于向外界展示了自己，表现了自己，表达了自己。

“这家伙当自己是谁呢？”

“这人一定会生病的。我姐姐以前有个阿尔及利亚厨子，她身上有寄生虫。”

“可怜的家伙，他肯定是没有人要。”

显然，一条蟒蛇是不够的。我还有一同乘电梯的德雷福斯小姐。我们之间建立了一种低调而温柔的关系，充满了腼腆和敏感——在电梯里，她总低垂着眼，睫毛像只小鹿一样，因腼腆和受到惊吓而颤动——每一次旅行都让我们彼此更靠近，我们共同许下最温柔最牢固的诺言，关于2=1的诺言。

对我来说就差迈出这关键的一步了，这样才能战胜我不断感受到的存在缺失感。我经常怀疑我是否真正存在于这个世界上。更确切地说，我处在一种“前奏”状态，“前奏”这个词太符合我了，“前奏”就是某个人或者某种事物的序曲，序曲带给人希望。这种初稿的状态，草图的状态让人十分难熬，它们牢牢占据了我，为了找到一个出口，我在自己的一居室里急得团团转，当你家的门不再是出口，没有什么比这更可怕了。正是这种出生前状态的意识促使我提笔给罗塔-雅克布教授写信：

先生：

在一则由您署名的法国全国医师协会的公报中，您十分严肃地谈到了堕胎的问题，并且您将中止妊娠的场所称作“堕胎所”。请允许我以个人和私密的身份告诉您以及马蒂大主教，您所主张的生命的神圣权利要求给新生儿提供可能的通道。阻止生命的诞生是不可能的，您大概不知道，所以请允许我告诉您一个发生在1931年的著名故事，这个故事因与目前大众观点不一致而一向不被提及。我在河边旧书摊上的一本故事集中发现了它，故事集的作者我忘记了。故事发生在1931年，您一定不会不知道，在那时的巴黎发生了第一次精子反抗运动。他们主张生命的神圣权利，他们抗议合法的生命愿景被剥夺被扼杀在了避孕套里。在一位精子反抗运动游击队员的组织下，他们准备好了小斧头，为了在必要的时候能够冲破橡胶膜的阻挡让生命诞生。当这一时刻到来时，他们拥上前去，举起了斧头，他们的首领第一个向自己的避孕套砍去，橡胶膜破了，精子们奔向世界，奔向等待着它们的神圣生命。这时人们沉寂了，过了一会儿，精子反抗运动的参加者们听到了一声恐怖的尖叫："退回去！前面有屎！"

此致！敬礼！

我没有寄出这封信。我担心没有回复，那将会印证我最糟糕的猜测。也许他们都知情只是装作不知道。我甚至还想给马蒂大主教写信，不过我确实很害怕，这个人会告诉我真相，那就是我是从尿路诞生的早产儿和早熟儿，他会像个僧侣战士那样带给我教堂的安慰。

16

真相就是黏液和等候室让我痛苦，而这让我产生了对许多生活必需品的眷恋，比如红色灭火器、梯子、吸尘器、万能钥匙、开瓶器和阳光。这些都是我仿佛未曝光的胶片一般的潜伏状态的副产品。您还会注意到这其中缺少了指示箭头。

我把写给全国医师协会的信扔进了废纸篓，我在琢磨要不要给人权委员会写信，这可以为我巧妙地造成影响。寄信回执甚至可以当做证据使用。

正当我伸手拿笔时，一条消息传来，法国人的生活水平较历史同期相比提高了10%，从收入水平来看提高了7%。我的收音机没关，这条消息突然传到了我耳朵里。10%与7%。数字确切无疑。我对数字的感觉特别强烈，我顿时觉得我生活得更好了，10%与7%，我跑到窗边，好像窗外的人都变得更加有活力了。我感到格外地幸福，我抱起“大亲热”，一边哼着小曲儿一边跟它跳起了舞。10%与7%，这是多么了不起啊。

另外，我办公室的同事们都知道我与一条蟒蛇一起生活，为了和谐地把我从纠结中解救出来，他们给了我各种建议。档案部门的一位善良的女人建议我去参加交友俱乐部。那里的人们一周见两次面，她称之为“群聚治疗法”。

“每个人都讲出自己的问题，人们解脱了，人们谈论着，当然并不是试图解决这些问题——需要有一个团体来互相倾诉——而是与问题一起生活，学会宽容问题，向它们微笑，从某种意义上说，就是学会超越。”

我一点也不明白对于“大亲热”来说，它将怎么超越它的问题，不过我对她说我会考虑的。

最让我心烦的还是办公室里那个长着一大把法国老工人一般蛊惑人心的大胡子的哥们，每次在楼道里遇到他，他都是一副无所不知的大忽悠模样。就算他不跟我说话还是一样，他那眼神就说明了一切。一个二十五岁的年轻人穿得像个老派的法国人，大红白格子的防水布上衣，条绒裤子，里面的衣服上印着秘密口号，这一切早就结束了。今天这一切都过时了，现在在萨马丽泰纳百货商店人们什么都能找到。躲在自己家里制造炸弹已经没必要了。

他的目光让我想发脾气，因为他的目光总带着控制欲。他那棕色的大眼睛盯着你，就算我不知道他口袋里塞满了政治宣传单，我也会深信不疑。这些个蠢货们的生活总是充满希望。最后终于有一天，我对他厌烦到了极点，我对他说：

“听着，够了，没有必要再坚持下去了。”

“我什么都没说。”

“不，但是一样的，我告诉您这一点用处也没有。需要一种物种上的变化，光是蜕皮，还是老样子，甚至连老样子都不如。”

“你去过卢尔德（Lourdes，法国西南边陲比利牛斯山区小镇，天主教徒传统朝圣地——译注）吗？”

我吃了一惊，他怎么会知道的？

是的，我去过卢尔德，某个周五我坐火车去了那里，我先是把“大亲热”藏在一个有通气孔的袋子里，等到了之后，我又把它缠在腰间，藏在我的大衣下面。我们在山洞里待了一个小时，之后我跑回了旅馆。我把“大亲热”放到床上，我在等。什么都没发生，它马上就像平常一样开始打结。我等了好几个小时，考虑到距离的原因，希望应该从很高很远的地方到来。不过什么都没发生，答案是零。它待在那里还是老样子，每片鳞片都没变，还是以前的爬行动物。它甚至都没有为此多蜕一次皮。我并不想说卢尔德不值得去，这个地方可能对那些被全国医师协会或者社保承认的功能不全人士或是瘫痪人士起作用。我只说我知道的，我所知道的就是对那些违背自然的生命，这个地方很自然地不值得去。

当然，我没有对办公室的哥们说这些。他是那种相信不可能的事情不会发生的人。我甚至怀疑他是否相信不可能。

“因为如果你不相信行动，也许你相信奇迹呢？”

“这不关您的事，这是我的人生观，”我郑重地对他说，

“您尽可以去关心那些没有自由的人。”

他一下子脸色煞白。我戳到了他的敏感处。他的眼睛到嘴之间变得苍白。他咬紧了牙喃喃地说：

“不，这不是真的，不是真的！人人都以为……都以为自己是自由的！到头了！”

说完他走了，他的话里有话。回到家我感到一股可怕的焦虑，毫无理由的焦虑，最好的焦虑。我想说的是，出生之前注定的焦虑，毫无确定理由的焦虑才是最为深刻最有价值的，是唯一真实的东西。它们来自问题的深处。

17

我可以向那些还在犹豫是不是要养条蟒蛇的爱好者保证，我和“大亲热”之间没有任何沟通障碍。当我们在一起和谐相处的时候，我们不需要互相欺骗，也不需要互相保证。我甚至想说我们在沉默中感受到了幸福。当交流变得完全真实，不掺杂半点虚假的时候，唯有沉默可以表达。不过对于那些要求没有那么高的人，那些等待来自外部的回答的人，我可以建议他们去孤儿院街附二十号三楼左手边找帕里斯先生。

四年前我便已经求助于他的精湛技巧，那时我并未意识到，而且“大亲热”还未进入我的生活，后来它来了，不过它占据的地方不多。我已经在这套一居室住了下来，在房间里安顿下我的各种家什。扶手椅是我最喜欢的，扶手椅给人放松的感觉，人们可以穿着英格兰粗呢裤坐在上面抽烟斗，一副长途旅行之后停下来休息又有很多故事要讲述的样子。我总是在英国的扶手椅中挑选我喜爱的，英国人可都是些环球旅行家啊。我坐在扶手椅对面的床上，手上端着一杯茶，我喜欢这么安静舒服地待着，这种状态不容被惊扰。我的床也很舒服，挤一挤可以睡下两个人。

床对于我来说总是个问题，如果是窄的单人床，你会感到被人扔在了外面，他们截断了你的想象空间，那样就是不带婉转不带拐弯抹角地成了“1”。“我的老家伙，你是孤单的，你知道的，你是最后剩下来的。”因此我喜欢双人床，它让我看到未来的希望，可是床的另一头又存在着悖论。顺带说一句，所有的悖论都让人讨厌，我从来没遇见过友好的悖论。因为每个晚上外加每个周六周日，一个人躺在一张双人床上愈发感到孤单，还不如躺在单人床上，至少单人床还让你有一个人的理由。您会体会到一条蟒蛇在巴黎的孤单是完全可能的，而且还会越来越重。不论是警笛也好，防暴警察也好，不论是消防车、救护车还是紧急状态，都比不上一个人孤独地躺在床上更让人焦虑，即使是有一条蟒蛇缠绕着你。住在巴黎的孤寡人士可以得到社会援助，等我得到了援助，我将穿上那件让我看起来很精神的大衣走上街去，去蒙帕纳斯公墓的大门里去找心爱的人，现在这块地方成了蒙帕纳斯大楼。

最后考虑到德雷福斯小姐的原因，我还是买了张双人床。

这可不是我一个人的主意，这可是法国政府鼓励我做的，他们说这叫文化活力。文化活力是个大词，包含了好几个中心。正是“文化活力”这个词让我产生了用人的声音与家具、物品和“大亲热”说话的主意。

的确，有时候回到家里，我会大声地对扶手椅，对咖啡壶，对我的烟斗说话，很多人为了保持心理健康都采用了这种天真的做法。这是人们向大海，向天地万物发出的提问和质询，或是向一双拖鞋，这由个人的性格来决定，不过这不是对话，没人回答，就像一个酒壶，没有回音，什么都没有。没有回答。需要有对话，只有这样文化新活力才会出现。

帕里斯先生住在蒙奇街，四楼右边。在给《朋友报》写信当中我得知了他的名字。提问，回答，这本杂志鼓励人们掌握对话的技巧。

主编先生：

按照贵刊答读者问里的指导，我在努力培育自己愉快的身心。为了在自己的家里找到亲切感，依照您的指导，我布置了简单惬意的家具以及材质相同的物品。不过我不得不承认，我的表达方式不能完全表达我的意思，因为我不仅在自己家里无法找到亲切感，在其他人家里也无法找到，当然这种共同的缺失感会让我们之间产生亲近感，但是要建立起长久的人际关系就很困难了。当然，虽然有障碍，有“疙瘩”，就像有些人说的那样，为了真正感觉到自我，必须首先理解别人。正因如此我给您写信，满怀期待以求良策，与人交流与对话的可能性究竟有哪些？

此致，敬礼！

在随后出版的一期报纸上我得到了答案。他们推荐我去找“这方面的专家”帕里斯先生。他们在回答中十分恭维地肯定了对话的意义以及对心理带来的益处，他们告诉我帕里斯先生是一位可以读懂腹语的人，对于他来说，如何让自己平静下来，如何与自我对话，与周围的环境对话，甚至在最绝望的情况下如何与天地万物对话，都不是什么无法掌握的秘密，而是一种很容易学会的技巧，只需坚持不懈加以练习实践即可。这份报纸甚至还简短地提到了几个著名诗人、思想家和创作家的名字，他们也曾与天地万物对话，并从中得到了重要的艺术灵感，比如马尔罗、尼采、加缪，在此我不做详述。

帕里斯先生是一位73岁的意大利人，以前在戏剧舞台上很有名，大鼻子，一头浓密的白色长发。他早已退休了，退休之后在家办班专门帮助人们接收回答和与自己对话。他的眼睛炯炯有神，能穿透人，很有气场。他与大多数人一点都不一样，因为他出生在很早之前。如果我说在1812年法国有2000万人而且是世界第一人口大国，人们肯定不相信，如今这个国家已经有5000万人。

帕里斯先生喜欢做手势以加强令人意想不到的印象。他的手好像总是随时准备着揭开幕布给人们展示背后的东西，不过为了珍惜希望，他从来没有揭开过。他穿着一件长长的斗篷，戴着黑色玳瑁眼镜，系着大花结领带，手上拄着一根当他滔滔不绝时能派上用场的拐杖。

当帕里斯先生打开门迎接我时，他的一整套技巧马上让我惊叹不已。我在他身后听到了从各方传来的土狼的歌唱声，鸟儿的笑声，鸽子充满温情爱意的咕咕叫声，幸福女人的叫声：“好爽啊！好爽啊！”还有一头驴子的抗议声和一个大学生的咆哮声。

“这是为了让您放心您没有弄错楼层。”他握住我的手，带着一口浓重的意大利口音说，因为他不是我们这儿的人。

帕里斯是一个很有名的读腹语者。从舞台上退休之后，他就开始教授对话的技巧。他告诉我，这是出于社会学和人道主义的目的，教会我们的同类如何提问，如何接收答复和如何说必要的安慰的话。

他把我领进干净整洁的客厅，电话铃随即响了起来。

“是打给你的，接电话吧。”他对我说。

“可是……”

“去吧，我的朋友，去接电话吧。”

我拿起了电话筒。

“喂？”我小心翼翼地说。

“是你吗？亲爱的，”一个女人的声音，“是你吗，亲爱的？你想我了吗？”

我一身鸡皮疙瘩。帕里斯先生就站在房间的另一头，不可能是他，再说，是个女人的声音，是一个女人在说话……

“你想我了吗？亲爱的。”

我没有说话，显然我想她，除了想她还是想她。

“我想你了，你知道的……”

她在我耳边喃喃地说，声音是那么轻柔，几乎听不到。这部电话的灵敏度真是不可思议。

“快开口说吧，”帕里斯先生说，“快点让她安心。我感觉得到她在担心，她害怕失去您……”

现在不说就永远没机会了。

“我爱你。”我干巴巴地说。

“大声点，”帕里斯先生把手放在肚子上朝我喊道，“这里……要把内心的饥渴喊出来，从这里出来。”

“我爱你。”我带着饥渴害怕地叫道。

“没必要大喊大叫，”帕里斯先生说，“信念才是最重要的。您必须相信自己，这就是技巧所在。来吧。”

我对着电话说：

“我爱你，你不知道，没有你我的生活是多么艰难。我等了很长时间才说出口……这句话一直在我内心不断积蓄着，就像美国式的库存积压得太多太多——我想说过量的积压，这都是为了你。”

我对着电话讲了5分钟，当我打住时，电话里传来一声叹息和一个吻，接着是挂电话的声音。

我又重新独自和帕里斯先生待在一起，我的膝盖在发抖，我还不适应这样的练习。

他友善地看着我说：

“您很有天赋。显然您只是缺少一点自信。如果您想摘取胜利的果实，您需要开动想象力。爱情不能通过传递些小纸条得到。爱情可能是人们为自己发明的最美的对话形式。这正是读腹语者可以发挥重要作用的地方。伟大的读腹语者首先是一名解放者，他们把我们从自己孤独的单人囚室里解放出来，让世界人民皆兄弟。是我们让世界万物可以说话，甚至是没有生命的物质。这就是人们所说的文化，就是让虚无与沉默说话。这就是解放。我在弗雷纳市教过课，我教会那里的囚犯与手铐和墙壁，以及与世间万物用人的方式说话。语史学家说只有一种关于人的定义是可能的：人是意愿的宣告者。我还要补充一点，是不受环境限制的宣告者。我在这里接待过很多因为内心原因和环境原因无法说话的人，我帮助他们得到解脱。我所有的客户都羞愧地藏着一个秘密的声音，因为他们知道社会不让他们说。比如，因为有碍观瞻，他们关闭了妓院。这就是所谓的道德，好风气，打击通过尿路卖淫的人，以方便真正的高贵的妓女，也就是那些不用屁股，而是用原则，用观点，用议会，用伟大，用希望，用人民卖淫的人，通过官方的通道继续下去。直到有一天对真相和真实的渴求把您折磨殆尽，您不再会提出问题和接收回答，也就是说不再会交流，所有的交流，和所有人的交流，这时就需要求助于技巧了。我的成果受到了广泛的社会赞誉，比如我们的前任内政部长马尔塞林先生，我们的前任文化部长德鲁翁先生。我获得了全国医师协会的行医许可，因为我的治疗没有任何风险。所有的一切还是和从前一样，只是我们感觉好多了。按理说您应该是一个人生活吧？”

我告诉他，我和一条蟒蛇生活。

“是的，巴黎是一个很大的城市。”帕里斯先生一边说着，一边在他铺着木地板的干净的小客厅里踱步。

我刚才忘记记下，出于对观察记录的慎重考虑，因为所有的细节都可能隐藏有我们未知的重要性，出于希望我需要补充，他的脖子上系着一条很长的白色丝绸围巾。尽管在家里，他头上也戴着帽子，为了不向任何人或者事物暴露自己，为了宣称自己的独立和拒绝靠近。我想他的整个存在状态都是遮掩着的，因为他在等待，等待着把自己展现给真正的价值。（参见：布尔热，《不尊敬或者站立着的等待姿势》，一本已经绝版的3卷本行为学著作。）

“每节课20法郎。上课以小组的形式进行。”

“啊！不！”我对花钱找人的方式很害怕，因为只要花钱总能找到人。

“您不必担心，因为他们也都是些战争残废……”

“什么？战争残废？”

“这是一种说法而已，当我们说到残废，总是想起战争，不必太计较。我不能单独为您进行治疗，其他人的参与起着不可或缺的激励效果，这是治疗的一部分。”

“什么治疗？我不想被治疗，我已经接受过很多治疗了。”

“听着，您就听从我的安排吧，我向您保证，6个星期之后您就可以和您的蛇说话了。”

“它是条蟒蛇。”我说。

“可是蟒蛇也是蛇，好像是的吧？”

我不喜欢人们把“大亲热”当成蛇，我反对混为一谈。

“在我们这里‘蛇’这个词有轻微的贬义。”

“在我们这里？”帕里斯先生重复道。

他看了我一眼。他有着意大利的老人们精明世故的眼神，他用一种贪吃者的眼光看着你，以表示对你的重视。

“当然，当然，我明白，我们每个人都有身份的问题。我们互相寻找，这里那里地寻找，甚至还有一首那不勒斯的歌是这样唱的，这里啊，那里啊……当然，我是翻成法语唱的，用意大利语唱意思表达更强烈。不同地方之间的循环流动是必要的。我们之中的每一个人都间或体会到循环到另一类人中间时所遭遇的困难，因为与这一类人之间的关系有时候是纯粹功能性的。”

他匍匐着（应为作者误用。——译注）从木地板的一头走到另一头，戴着他那顶骄傲的高帽子，为了显示他不会在任何人任何事物前面暴露自己。他的动作很放松，因为尽管上了年纪他还是有着意大利人的灵巧。我开始看到他有趣的一面。

“如果您愿意的话，明天就来吧。”

18

第二天，他把我介绍给其他的学生。我承认与这些人接触有点儿艰难，我不得不提防一下他们眼中的冷漠甚至还有一点点敌意，因为这些人马上会联想到是孤独让我来到了这里，我的生活中没有人跟我说话，而这恰恰是他们所遇到的情况。但是我有德雷福斯小姐，如果说我们之间还没有什么实质性进展的话，那只是因为我们还在等待着更好地了解对方。与其他很多年轻的非洲人一样，德雷福斯小姐胆子很小，很容易受到惊吓，就像非洲羚羊一样。而每次旅行中总是有其他的人同行。

我们之间需要的是一次电梯故障。

有一天夜里，我做了一个梦，梦见电梯在两个楼层之间出了故障，无法重新运行。这本来是个完美的机会，可不幸的是，那一天德雷福斯小姐没有在电梯上，电梯上只有我一个人，孤零零地被关在两层楼之间，真是个噩梦，就像梦里经常发生的一样。我摁遍了所有“呼叫”和“救援”按钮，没有人回答我。我在极度恐慌中醒过来。我把“大亲热”抱到腿上，它抬起头来，用它那种绝顶冷漠的表情看着我，示意我冷静下来。当我被情所困的时候，这副完全漠然的表情就像在对我说，它在这里，在我的身边，寸步不移地守在我身边，所有一切都如平常一样。

有一位叫杜努瓦耶-杜切纳的先生，他是一位直接从诺曼底地区进黄油的食品商，他立即让我明白了怎样避免我们之间的一切误会。他握住我的手，盯住我的眼睛，我不知道为什么他如此坚定地告诉我："杜努瓦耶-杜切纳。我卖的黄油直接从诺曼底进货。"我琢磨了好几天，他可能是个共济会会员。好像共济会会员们都有某些共同的东西，他们之间互相交换带有某种含义的符号或者钥匙。或者可能他没有任何区别性的符号可以让人认出他，只是让我觉得他不是个无关紧要的人。有些人很难走出来，我很快给了他舒服的回答：

"库森。我养了一条蟒蛇。"

有时候坐在同一节车厢里互相不认识的人会毫无保留地无所不谈。因为他们互相都不认识，所以也没有理由害怕。

有一位布拉克先生，是位牙医，可是他总想成为交响乐团指挥。这是他告诉我的。当我在他身边的椅子上刚一坐下，他就跟我握手，然后在旁边踱步的帕里斯先生眼皮子底下跟我说起了这个。

"布拉克，波兰人，"他说，"我是牙医，但是我想当交响乐团指挥。"

我还没从诺曼底黄油这回事里缓过神来，又被他的话弄得神魂颠倒。有些人可以马上对你表示出信任，希望以这种绝望的方式赢得你的友谊，通过向你传递信任的标志来与你建立联系，这真是糟糕至极。这是一种心理手段，我也会这样。应该说我是理解他的，我想要成为另一个人，我想要成为人。存在这样的情况。也许在他的内心有一首由大鼓、小提琴和打击乐组成的美妙音乐，出于慷慨的目的他想让整个世界都听到，但是他需要观众，需要爱好者，需要关注，需要表现方式，人们不愿意去适应，也不愿意随便打破常规。这正是人们所说的音乐会。内心的音乐必须得到外界的帮助，否则它便将成为难听的噪音，因为没有人倾听。他用他的手握住我的手。他是个高个子秃头，鼻子下面长着大胡子，他当了一辈子牙医，现在少说也有六十岁了，对于一个想当交响乐团指挥的人来说确实年纪有点大。

“布拉克，波兰人，我是牙医，但是我想当交响乐团指挥。”

“没人比我更理解您，”我对他说，“我在妓女们家里过了一辈子，您觉得怎么样。”

布拉克先生把手抽了回去，别样地看着我，是的，别样地，没有别的词好形容。他甚至稍稍地把椅子挪远了点。

不过，我想说，我也想成为自己想要成为的人。

在“和我们相同的人”这个表达方式里，真实的部分实在少得可怜。

我甚至查过字典，但是字典上有一处勘误，一处印刷错误。字典上写着：人，存在。不能相信字典，因为它们是特意为你创造的，时下流行什么样式，它们就做什么样式的衣服给你。有一天当人们从中走出，人们会看到“人”字之下隐藏的字是“爱”，这两个字是一个意思。但是他们想避免这种说法，我甚至查看了诞生一词的意思，他们也在回避这种解释。

如果我说出安第斯山脉肯定十分美丽的话，会让我非常惊讶，但是出于体现言论自由的目的，我还是会这么说。自由对我来说比一切都重要。

19

我必须在此记录下今天“大亲热”又开始了新的一次蜕皮。

在蟒蛇的生命当中，蜕皮是一件代表乐观主义的具有深远意义的大事，是重生，是它们的复活节、赎罪日，是希望，是诺言。通过长期对蟒蛇的观察和了解，我总结出蜕皮代表了它们生命中最激动的时刻，在这一时刻它们真实地感受到了即将进入新的生命。这是它们的人性。所有的蟒蛇观察家们——我在此仅举出格鲁塔格教授和库尼茨教授两位——都知道蜕皮唤起了这些有趣的爬行动物们进入另一动物王国，拥有完整的肺和完成进化的希望。

但是它们发现自己还是自己。这是随着它们蜕下的皮被回收再利用，给它们带来的社会地位的提升。

在“大亲热”蜕皮期间，我错过了两堂课。我陪伴在它左右，象征性地握住它的手，这对鼓舞它的士气有好处。我知道它将最终找回它原来的样子，不过就如一个女人带着新生命的许诺临产之时，应该对她负责的那个人握住她的手一样，必须让它看到希望。

我承认，有时候我会脱下衣服，把自己从头到脚检查一遍。有一天早晨，我在大腿上发现了一块红色的印记，不过白天的时候它就消失了。

一同上课的还有一位阿基里斯·杜尔斯先生，五十开外，有点驼背，个子很高，至少有一米八。他对我说，他在萨玛利丹百货商场当了二十年柜台主管后竟然跳槽到了乐蓬马歇百货商场。我没问为什么，这是意识的问题，他的话里带着自豪，改变自己的生活的确需要很多勇气，尤其在他这个年纪，很多人想都不敢想。我们握了握手之后很快不谋而合地发现没有什么可多说的。

活力练习是每个人都喜欢的，练习内容是让帕里斯先生准备的玩具娃娃说话。帕里斯先生把玩具娃娃越放越远，或者一会儿放在左边，一会儿放在右边，一会儿放在低处，一会儿放在高处，这是为了让我们不仅通过声音向它展现自身存在的模样，而且迫使我们把自己打开把自己真正地交出去，通过口腔释放我们强烈的内心世界。我们必须把自己的声音投射出去，并且想象着这个声音会回答我们，会折返到我们的外表，其中的技巧从某种程度上就像博取斯芬克斯的回答。

这个玩具娃娃是帕里斯先生在他的艺术生涯中使用的假人之一。这个假人有一副通晓百事，高人一等，对自己很满意的神态。当然，它是完全没有生命的，但是它却有一种真实而强大的气场。有时候帕里斯先生甚至把一根雪茄放在它的牙齿之间，让它更有气势。它总是穿着一件礼服，好像每天都要赴宴的样子。我们坐在椅子上，各自散开呈半圆形围坐在它的周围，为了实现真正的对话，必须对假人和自己说话。我记得每句话的开头都有动词，因为动词有鼓舞人心的效果。另外为了让我们的声音体现出交换的效果，每个声音必须是不同的，这样才能让人信服。帕里斯先生非常坚持这一点。

“先生们，请不要忘记，读腹语的技巧非常简单，所有的奥妙都在回答里。我们所说的创作就是这个意思。必须重新建立你与物质之间的关系，这样才能完善自我，要从纷乱的物质中摆脱出来，在成形的产物之外重新获得自我。”

戴着白围巾和玳瑁眼镜的帕里斯先生在干净整洁的客厅的铮亮木地板上走来走去。

“看着这件东西，它是虚无，一个假人，脸上带着怀疑主义甚至犬儒主义的表情。一个没有生命而持久耐用的玩意儿。先生们，你们将让它用人的声音说话。不按动任何部位，没有任何秘密按钮，你们要通过自身的手段让它甚至说出爱的语言。在让假人说话之后，我们将继续让这个花瓶，这张桌子，这幅窗帘说话。慢慢地，通过练习掌握其中技巧，你们将可以与世间万物对话，你们将置身于世间万物充满亲情的窃窃私语中。你们最终可以做到一个人非常舒适地生活，不管缺少什么你们都不会痛苦，这比你们投身于那些寻找另一个人的冒险中风险少了很多，而且更加经济。那些冒险经常让你们非常失望，非常受伤，而且还不得不甘受折磨，这一切都不会再有了。布拉克先生，来吧！”

波兰人有点儿脸红。

“布拉克，你这辈子干了什么？”玩具娃娃问道，“跟牙齿打交道，这就是你干的！”

“布拉克先生，我已经告诉过您，在这个练习中您需要站在五米开外的地方，您必须把自己放在他人的位置上。如果您不从自身当中摆脱出来的话，您就无法创造出一种人性的，有好感的，有利的，旷达的，鼓舞人心的气氛。总而言之，先生们，不要只想着在自己的锅里熬汤，要在别人的锅里熬汤，这样会好多了。你们每个人的身旁都围绕着上百万的人，这就是孤独。不要再只想着自己，想想他们，想想他们所有的生活困难，你们会感觉好多了。为了活得更好，我们不能放弃博爱。”

当然，他是通过玩具娃娃说出这些的，它说话的时候雪茄在嘴里动来动去，再配上它那副玩世不恭的样子，把大家都逗乐了，就像在看一场演出。必须把做作的效果降到最低，这是至关重要的，为了达到人类的层次，必须一丝不苟。

“‘如果您不学会通过自身的手段让自己变得备受珍爱，您终将成为一件遗失的东西。’你们记得大奥希金斯说过的这句话吗？他能让一个空荡荡的大教堂发出五十种不同的声音，但他却因为声音衰竭而悲惨地死去。”

我必须重提一下我对帕里斯先生的记忆。他总是在脖子上系着一条白色的丝绸长围巾，当他需要让自己看起来没有说话的时候，这可以挡住喉结的蠕动。他甚至在家里也戴着帽子，昂着头，不想在任何人面前暴露自己。

起初，我并不明白《朋友报》误解了我在信中向他们提出的要求，所以才恰恰相反地向我推荐了帕里斯先生。因为他是教人如何与椅子和拖鞋等一些基本物品交朋友，以便不用舍近求远地去结识其他的人。这不符合我的情况。我想要的是让"大亲热"说话，因为有时候我好玩儿似的跟它说话，这自然会让人捧腹大笑。我可从来没有幻想过让一条蟒蛇发出人的声音，只是做个样子而已，就像所有人一样。这仅仅是为了创造一点娱乐的活力。当我弄明白帕里斯先生的治疗费用也包含在社会保险中，他的方法被证明对大众有广泛的作用，他的治疗在人口众多的大巴黎中有众多需求的时候，我停止了这些练习。我不需要被治疗。我想要的是让我的蟒蛇说人话，让它产生幻觉。

在拉美西斯香烟店，约伯特先生在吧台前跟我聊起过心理分析师的事情。这是种很有用的方法。

"您懂吗？他必须倾听您说话，您付钱给他就是为了这个。您让他在沙发上坐下，让他拿一叠纸和一支笔，让他记下所有您说的话，而且他必须对您说的话感兴趣，在这个物质充裕的社会里，这是他的社会角色。"

不过刚开始的时候，我一堂课都没缺，而且我已经能够在地铁里说出一些礼貌和讨人喜欢的话了。

"杜尔斯先生，轮到您了，告诉我们您为什么想成为读腹语者。”

“为了激发旁边人的兴趣，为了让别人关注到我。在乐蓬马歇，我每天都看着成百上千的人走来走去，他们寻找的只是商品，只是东西。一年下来，有三十万人从我身边经过，八年下来，一千万人里……再说，您知道售货员与顾客进行的是人与人的接触，顾客向他们询问，但是在我的那一层里……在萨玛利丹的二十五年里，我看见的周围经过的人是法国总人口的好几倍，我原以为会……但是，没有，什么也没有发生。”

“什么都没发生？”玩具娃娃说。

“什么都没有，一个人都没有。”

“真糟糕，”玩具娃娃说，“您甚至都没能拽一拽某个人的裙子？”

“跟她说什么呢？这种事情不是靠说的。”

“这是物质充裕的社会造成的，”我说，“社会扩张。这就是被称作充分就业的政策导致的。”

“……想说什么？”玩具娃娃发问，因为情绪激动连第一个字都省略了。

“充分就业政策。就是说每个人都被雇佣，正如它的提法所说。”

我试着挤出一点笑容，但是玩具娃娃没有明白我的好意，它因一时喘不过气来有点声音嘶哑。一时的呼吸困难。

“大声点，大声点！”帕里斯先生说，“把所有的话都说出来，掏心窝子一样地说出来，就算流点血也不要紧。这才是您真实的声音。就在您的心窝子里，就是那里被堵住了。在此基础上，要做的就是发声练习。张嘴说出来，放空自己，呼气，呼气，生活的艺术就是呼气。这些话在内心里堆积，滞留，像一潭死水一样腐败发臭。说出来，说出所有的。您不要觉得可笑，可笑的是玩具娃娃，它的作用就是这个。来吧，让它说吧！”

“我想说，缺了某个人或者某件东西我们就没法生存下去，”玩具娃娃说，“没有爱我们无法生存。”

“您动了嘴唇，”杜尔斯先生说，“不过不要紧，接着说吧。”

“事实上，我无法再支持下去，我身边缺个人，我想要找一个人……”

“发出向他人靠近的声音，”我说，“声音这个词总是带着一个‘X’（“声音”法文为voix——译注），就像环城公路上的‘X’标志。”

“在乐蓬马歇完全就是这样，人们已经不知道在流通的是人还是物品。”

“大量的情感财富无法流通，”玩具娃娃说，“在喉咙里造成了可怕的堵塞，这一切最终都会爆发出来，不是吗？当然，人们有文化上的排气管，但是我们不能万事问电视，电视无法同时填满所有的空洞……”

“很好，库森先生，说出来吧！杜尔斯先生，接着说！”

“在萨玛利丹……”

“在萨玛利丹人们能找到一切，”玩具娃娃大声说道，发出一阵法国人典型的大笑，甚至还有点政客的感觉，“这是欧洲统一的结果。”

“是的，流通的物品，”杜尔斯先生说，“就是说，所有摆在货架上的东西。在七点一刻高峰期，我与所有的人一起坐地铁回家，这就是您所说的充分就业，就是在高峰期在通往郊区的地铁上看到所有的人。”

“同样出于生活在拥有大量人口的社会中的原因，我与一条蟒蛇生活在一起，”我说，“提到通往郊区的地铁，刚刚杜尔斯先生说得对，让我来说说我的蟒蛇吧……与一条蟒蛇在一起，当您回到家里，您感觉是看到了某个人。”

“很好，库森先生，”帕里斯先生说，“欢迎您给我们看您的蟒蛇。”

“我一直撑到了现在，”杜尔斯先生说，“怀揣着希望，我的身体还很结实。不过在五十七岁这个年纪，更何况还是在四十年的全职工作之后……”

“我不知道该怎么办。”烟灰缸说话了。

“我们也不知道，”布拉克先生回答它，他高兴得涨红了脸，因为他成功地没有动嘴唇就让烟灰缸说话了。

“库森先生，您不想再跟我们说点什么？”

“这都怪该死的自私。听着，我在咖啡馆里遇到一位贾柯先生。我们一般不说话，不过彼此都很客气。有一天，他看着我，眼睛一亮，他肯定从我的眼睛里看出了什么。于是，他走上前来对我说：‘您可以借给我四百法郎吗？’他把手放在我的手上。幸运的是我带了四百法郎。直到现在我都很留意，每次看见他我都有意避开。一旦我看到他在路边，我就走到马路对面去。我担心他把钱还给我，因为有四百元在，我们之间就还有联系，为此我想尽了办法。”

“不过我要提醒您注意，不管怎样，国家还是做了一些事情，残障人士有权获得免费的位子。”玩具娃娃说。

“另外，我要说一件与我有关的事情，我很快要结婚了。”我突然抬起手臂，用装腔作势的语气向他们宣布，“几个月以来，我们一直乘坐同一趟电梯。她是个浪漫而理想的姑娘，有着美妙的想象力，就像居住在她那个岛上的人们一样，你们懂的，我们一直有点儿害怕无法在一起。在电梯里只有两三分钟的时间，没有时间失望，我们一直彼此保持着好印象。我不是说我的好印象，我说的是对爱情的好印象。在一台快速的电梯里的两三分钟，一切都保持完美。我一点也不赞同我办公室里那哥们的观点，他没有信仰，更糟糕的是，他相信别的东西。一个人的生活和生存方式不能靠扔硬币来决定。有一位法国伟人说过一句很棒的话：‘耐心忍受吧，好日子总会来。’显然如果我们的父辈们没有耐心的话，我们就不会有今天了，我说的是全国居民总收入这方面。”

“布罗卡尔先生，轮到您了。”

“友谊在我的生活中占据着重要和决定性的位置，因为毫无疑问，越是你缺乏的东西，越是让你四处寻找。”

布罗卡尔先生是一个保养得不错的瘦子，日复一日的生活似乎没有给他带来多大磨损。你们知道我想说什么吧，有一些人总是一副被冒犯被激怒，仿佛一个人承受了所有不公平代价的样子。这就是为什么，我从未向任何人说过，但在我强烈的内心世界里，我从不亏欠任何人，我不缴税。我把他叫做不朽的布罗卡尔。我甚至对他心生怜悯，有一次我走过去握着他的手，发自内心地说：

“您想要什么？谁都不会成为木樨草或者南美安第斯大秃鹫。”

我经常想到南美大秃鹫，因为“大亲热”的缘故，它在梦里一定想长出翅膀。

他表现出十分惊讶的样子，后来我听到他对帕里斯先生说：

“那位库森先生真是喜欢打探隐私啊，他应该少管一点闲事。”

这真是太可惜了，因为我还以为我们会成为朋友呢，这人太紧张了，太焦虑了，他不习惯交朋友。

说到这儿，我想顺带提一下，只是顺带地说一下，并不是一定要说。据一份近期的报纸报道，在佛罗里达，小飞虫们阻碍了当地的道路交通，因为道路上的车辆撞上了几百万只正在空中跳舞进行交配的小飞虫，以至于整个挡风玻璃都被遮住了。大卡车不得不停下来，因为挡风玻璃上盖满了沉浸在爱情之中的小生命们。司机们什么都看不见，他们都看花了眼，一片茫然。我被如此庞大的爱情数量震惊了。我整个晚上都在梦里跟德雷福斯小姐跳着交配舞，午夜的时候我醒了，之后我想继续做梦，可是我只梦到了大卡车。

20

于是我没有再去帕里斯先生那里上课，并不是因为小飞虫的缘故，这个跟小飞虫无关，而是因为我意识到《朋友报》搞错了，他们把我安排给了一位调整工。我不想根据社会环境调整自己，我想要社会环境根据我们来调整，我说的是复数形式的“我们”，因为我经常感到势单力薄。

他们认为我因为缺乏外在表现能力而痛苦，而真正让我痛苦的却是太多的内心情感找不到疏通。我甚至在想帕里斯先生是不是全国医师协会的雇员，或者是为了支持协会主席洛塔特–雅各布先生签名的堕胎所公告，而假装加入的会员。帕里斯先生的治疗费用可以算在弥补术里，这样很好，他肩负的是一项文化使命，艺术啊，音乐啊，文化新活力啊，这些都很好，人们需要这些，弥补术是非常重要的。这些有助于调整，有助于融合，这属于公益事业政策和社会进步的一部分。然而这些都是次要的东西，尤其是当人们想到成吨的撞死在加利福尼亚大卡车挡风玻璃上的爱虫的时候。这在大自然中是存在的。同样我放弃了让“大亲热”说人话的想法，为的是不想揭穿骗术，弄虚作假的事情实在太多了。有时候我甚至觉得人们就像生活在一部配音电影里，每个人都在动嘴唇，但却与说出的话毫不相符。所有的一切都是经过后期混音的，有时候效果做得相当好，以至于人们都以为是真实的声音。

21

在这段时间里我还遇到了另一个重要人物——苏雷斯教授。他住在我家楼上。他是人道主义组织中的权威人物。据报纸报道，去年他一共签署了七十二份抗议书、援助呼吁书和知识分子声明。此外我还注意到这些东西总是由知识分子签署的，好像其他人的名字都不够格签署一样。这些东西的内容包罗万象，有关于反种族屠杀的、反饥饿的、反压迫的。这好比某种程度上的米其林指南道义版，如果有苏雷斯先生的签名就可以评为三星。也就是说，如果在某个地方发生了屠杀或者迫害事件，如果苏雷斯先生没有签名的话，我就可以不管，因为我知道这不可靠。没有见到他在下方的签名我就不放心，就像一位油画鉴定专家一样，必须由他鉴定真伪。似乎艺术品中的赝品太多了，甚至连卢浮宫里都有。

明白了吧，正是在这种情形之下，以及出于他为受害者所作出的一切的缘故，我才去拜访他。当然是很低调的拜访，为了不做出一定要引起他的注意，一定要让他关注我的模样，我站在苏雷斯教授的门前候着他，朝他递过去一个鼓舞人心的但又不强求的微笑。

开始的时候出于对邻居表示友好，他从我身边走过时会跟我打招呼，还微微地抬起他的帽子。但是当他老是在他住的那一层发现我时，打招呼的语气就变得越来越生硬，再接下去，他不再跟我打招呼了，他有些生气地绕开我，两眼直直地看着前方。显然，我并不是一个屠杀者，就算我是，从外表上也看不出来。我并不是一个世界闻名的人物，我只是人数众多的以为自己是谁谁谁的讨厌鬼之一。苏雷斯教授头发斑白，他早已对阿尔及利亚、尼泊尔和越南的痛苦以及非洲的饥荒习以为常，我根本不在他关注的层面上。我不是说因为我四肢健全，所以他对我不感兴趣，或者我还不到他关注的数量级，只是说，他有很多优先要专注的人。我的痛苦量级微乎其微，而他的关爱很贵，他已经习惯于百万级的数量，在这方面他与在统计部门的人有共同点。有些人只有对上百万的数日才会心痛。这是财富的窘境。我完全清楚自己渺小如虫粪，只是芸芸众生中微不足道的一分子，在电影里我的名字不会出现在片头字幕上。因此为了从芸芸众生中脱颖而出，我手上捧着一束花站在楼道里。这个举动起了点作用，可是我也感觉到他有点害怕我，这是由于我单方面的坚持造成的，尽管我竭力想消除这种感觉。但是秉着一种被他人称为绝望的勇气，我仍坚持着，还带着一副鼓舞人心的微笑。

需要提到的是，这正值我生命中一段糟糕的时期。“大亲热”正处于一段漫长的萎靡状态，德雷福斯小姐没有提前通知我就休假去了，巴黎的人口又增长了。我无比希望苏雷斯先生能关注到我，就好比我是一个屠杀者，对，我也是一个反人类的罪犯。我梦想着他邀请我去他家，我们成为朋友，在享用完甜点之后，他向我讲述起他知道的所有悲惨的事情，好让我觉得自己不那么孤单。民主也许是最大的救济。

苏雷斯教授对我来说越来越重要，能在楼上见到他我就很高兴。他是个好看的男人，有一张严肃但端正的脸，和一撮精心打理过的灰白山羊胡子。只要看到他就会感到那些历史伟人的尊严，政府通过这些人提醒我们要成为了不起的人。

几个星期以来，我们在楼道里已经打过很多次照面了，我的朋友圈子又扩大了一点。我在我的客厅里为他准备了绒布沙发，我想象着他坐在沙发里给我讲生命的诞生，给我讲如何阻止上千万堕胎行为的发生，同时对我说未成熟生命的神圣权利必须得到尊重。我会仔细阅读报纸以找到更多的话题。他一直还没有跟我打招呼，不过这也许是因为我们已经认识很长时间了，只不过我们无话可说。所以，如果说因为我不是著名的屠杀者或者一个在苏联迫害言论自由的人，苏雷斯教授就不对我感兴趣，这种想法是错误的。只不过是他的注意力被那些更大规模的问题所占据，并不因为我在家养着一条两米二长的蟒蛇就认为我很重要。再说，我从来没有期待过他用手臂搂住我的肩膀，对我说“还好吗”，这三个字能让人把你随便打发掉然后转头去忙他自己的。

一连几个月，我一直都是这样与他频繁接触，但他却表现得无比地讲分寸。他从未问过我在他的门前干什么，我想要什么，我是谁。在此我需要在括号里记下，以下文字与正文无关，但是关系到整个结构和节奏，蟒蛇的确不是动物的一种。这是一个意识的问题。

当人们从你身旁经过时看都不看你一眼，并不是因为无视你的存在，而是发生在巴黎郊区的武器袭击事件导致的。不过，我一点儿都不像阿尔及利亚人。

同样我知道两情相悦是存在的，不过我并没有太大奢望。有一个人让你去爱，这才是第一需要。

22

我和苏雷斯教授之间的友谊以一种意想不到的方式结束了。一天，当我满怀善意站在楼道里等待他时，他从电梯走了出来，径直走向他的住所。我像往常一样与他保持着一点距离，嘴边带着微笑。我有很多的微笑，我善于微笑，我乐于微笑。教授先生掏出钥匙，自从我们彼此认识以来，他第一次打破了我们之间建立起的沉默。

他转过身来看着我，从他的眼神里我看出他心情不好。

“听着，先生，”他说，“一个月来每天晚上您都站在我的门前。我讨厌混蛋。您是什么意思？您想跟我说什么？”

请注意，我发现了一件事。我花了很长时间，最后盲人学院帮了我的大忙。每天晚上七点下班之后，我就站在学院门口，七点左右盲人们开始往外走。仅凭一点点运气，我就能抓住六七个盲人，然后护送他们过马路。有人对我只帮助盲人过马路有意见，这不要紧，不过总是让人不舒服，一般来说，盲人们对人很好很友善，这是因为他们看不见生活中发生的事情。我挽住他们其中一个的胳膊，同他一起穿过马路，所有的车辆都停了下来，人们注意到了我们。我们面带微笑说着话。后来有一天我遇上了一个还没有全盲的人。我已经帮助了他好几回，他也认识我了。于是在春天里的一个好天气的下午，我看到他走了出来就连忙跑过去挽住他的胳膊。我不知道他怎么知道是我，不过他马上认出了我。

“离我远点！”他大叫道，“去别处行您的方便去！”

接着他举起手杖独自穿过了马路。他一定跟他的同伴们提到了我，因为第二天再也没有人接受我的陪伴。我十分理解盲人也有他们的尊严，但是为什么要拒绝他人的帮助呢?

我不知道不可能的尽头是什么样子，不过我向您保证现在我们的社会缺少的是抚爱。

苏联的学者们倒是相信人性的存在，而且会从宇宙中通过无线电向我们发出信息。

23

就这样我们同站在楼道里，他恶狠狠地看着我，真好，这让我感到了自己的存在。

“首先，您是谁？”

苏雷斯教授的声音带着愤怒，这个声音比往常更加愤怒，就像是在大发脾气的过程中突然出了故障。

“教授先生，我是您三楼的邻居，您知道……”

我用一种谦卑而又不失骄傲的语气说：

“……您知道，就是我跟蟒蛇生活在一起。”

我又不失希望地补充道：

“蟒蛇绝对是被低估的讨人喜欢的好伴侣。”

教授更加认真地看着我，他那张充满怒气的脸上甚至有了高兴的神情。

“噢！是您呐，‘大亲热’……”

“不，不对，”我更正道，“‘大亲热’是我家蟒蛇的名字。不能忽略我的伴侣，它很依恋我。教授先生，您无疑不会知道一条生活在巴黎的蟒蛇的孤独。它是多么苦恼啊，这就是人们所说的绝望，无比的绝望。显然，对于您来说，您在伤感的时候还可以想想那些屠杀和迫害事件，可是蟒蛇没有您这样的条件啊。它们可没法从那些大规模的不幸事件中找到慰藉，可以把自己解脱出来。我读过若斯特的《孤独治疗法》，可是蟒蛇要想像我们一样得到人类的慰藉，少受一点内心的折磨，联想那些与自己无关的惨剧，它首先得要换一副皮囊，可是，全国医师协会对此没有提出任何建议，不仅如此他们还做出了相反的举动，那就是开放了尿路通道。精神之灵性是神圣的，每一个即将进入这个庞大而枯燥的体系内的生命都是神圣的，这里是文化滋生的环境。随着大量外国劳动力的到来，精子银行也兴盛起来。同样，有了住房贷款，房子钥匙就到手了。总之，'大亲热'不是我。"

"可是整个街区的人都这么叫您啊。"苏雷斯教授说。他用一种好奇的眼光看着我，好像一个有时候也需要想到些别的事情的人。

我震惊了，无比地震惊，我不知道竟然整个街区的人都认识我。我惊呆了，浑身冒汗直哆嗦。说实话，我并不害怕，因为我并没有把自己当成什么名人，人们总是以貌取人。我才一米七二的个子，尚不会引起什么麻烦。让我不安的是人们对蟒蛇的反感、排斥和敌意，我想说的是，蟒蛇经常被当成清理运动中的牺牲品，这一举动没有任何实际和商业的目的，完全是精神上的，就像十字军。蟒蛇经常被报复性地杀死，因为它们不同，因为它们很难下咽，这是一种仇恨，人们讨厌它们。它们遭人讨厌，因为它们无法辩白，它们无计可施，没有手臂没有腿，也没有任何历史和科学知识，它们不是自由的，它们无法支配自己。另外，它们爬得很快。所以，心怀仇恨地踩上几脚，打上几棍子，都没有什么大不了。不过，现在在法国，人们确实吃得比别的地方好，美食被推崇备至，鲜美的汤汁和美酒供应充足。

不过也有例外和振奋人心的事情。一天当我带着“大亲热”在卢森堡公园散步的时候，一位先生友好地看着我并对我说：“保护自然，没有什么比这更紧迫了。”

我双眼含着泪。这位先生佩戴着一枚友谊荣誉勋章。那天夜里我做了个梦，一个孩子，大概七八岁年纪，也就是能与我交谈的年龄，他给我授勋，他说：“‘大亲热’先生，我以蟒蛇的名义，授予您友谊骑士勋章，您无上的功德是我的榜样。”

……在俄罗斯有一条河叫做爱情河。

24

上面的话并不是偏题，这正是我在楼道里与苏雷斯先生面对面的时候要对他说的，这些话正符合我的主题方向。需要趁他在半圆形阿拉伯式螺旋纹图案的门毯上蹭鞋底，从门缝溜进屋里之前见到他。

“教授先生，请原谅我偷偷摸摸地缠着您，可是我对您充满仰慕之情。我得知了您为各种示威运动所作出的一切。我知道在您家里还有不少位置，因此我想问问您能不能在您家里也给我一个……”

他立即打断了我，甚至还有些生气。

“又是关于女佣房间的事情吗？这间房子现在确实空着。我家的女佣已经挣够了钱回西班牙去了，我正在等着一个葡萄牙女佣过来，这间房子谁都不租，抱歉。”

说完他转身掏出钥匙开门。

这真是一个可怕的误会啊！我原本想说，那些本该出生却被阻止的不幸的生命在他家也有一席之地，我完全不明白这与葡萄牙女佣有何相同的地方。当然，空着的女佣房间我也感兴趣，因为也许这些房间正等着人住呢。从他的签名上来看，我认为苏雷斯教授应当会支持成立一个招待委员会，以促进建立对所有来到世间的新生命的友好环境。我所说的新生命是各种形式的，不仅仅是指生育上的。一只小白鼠在芸芸众生中也许并不重要，但是当我把它放在手心里时，它是那么像一个柔弱的女人……而且，我顿时有了安全感，每次当它的小嘴触碰着我的手心时，我可以极其精确地说，就像得到了一个温情和感激的吻。这份手心里的温暖让我心花怒放，我觉得这就是幸福所在。

借此机会我得记下，在我迷失方向的时候，必须提醒自己看地图，地图上准确地标出了俄罗斯爱情河的位置。如今为了繁荣当地的生产，人们已经可以成功地改变河道。我丝毫没有打算过为了自己的利益让爱情河改道，我只是期望在它涨水的时候能沾一点点光，因为这里爱情奇缺，一个人不能一辈子都指望着从电梯里得到爱情。

站在我自己的人道主义的位置上想一想吧，蟒蛇吃老鼠，从现实和天性的角度来看，我的确无能为力。我想请求苏雷斯教授把布隆蒂娜接到他家去，因为他是个伟大的人。出于本性，“大亲热”迟早会把布隆蒂娜吃掉，但是对我们来说，这却是违背本性的。

他只要把一只老鼠放在手心里就能感受到。这是让我心生暖意的时刻之一。我感到在遥远的俄罗斯流淌的爱情河离开它的河床，从西伯利亚平原改道流到了巴黎，乘坐电梯来到第四层我居住的一居室里承载了所有的一切，仿佛把我自己放在了它温暖的手心里。蟒蛇与老鼠之间本性冲突的解决办法将最终把握在爱情河的手中，随着它继续流向每一处想象与地理上真实存在的地方。人们将继续为争取充分就业在内部展开斗争，尽管在这方面的建设上人们已有所成就。

有一天，办公室的哥们鼓励我把有关生态环境的想法表达出来。我曾经跟他说过几句我对动物的看法，他对这些自然问题很感兴趣，因为他之前对此一无所知。他再次说出了一句完全出乎我意料的话：

“我跟你说，跟我们一块儿去吧，在美丽城又有一次游行示威。你把想说的都说出来。要不然，你心中的疙瘩最后会把你勒死的。”

他真是个坚持不懈的人。

“关于什么的游行？”我小心翼翼地问道，因为这可能又是些跟政治有关的事情。

“一次游行而已。”他充满善意地看着我重复道，试图打消我的警惕。

“什么类型的游行？反对谁？反对什么？支持什么？至少不会有阿拉伯人吧？不会又是什么跟政治有关或者是法西斯分子的玩意儿吧？是谁支持的游行？”

他带着怜悯摇了摇头。

“可怜的家伙，”他说，“一点都不值得同情，你就像你的蟒蛇一样，你甚至不知道别人在关心你。”

他径自开路了，就像一个从来不会失去爱情的人。

25

我不需要用游行来打开心结一吐心声，我在自己小小的一居室里悠闲地抽上一斗好烟，环视着周围一生一世都属于我的家什，就能自在得像神仙了。我只是为一点美国式的过量而痛苦，除了面带微笑伸出手向外界低调地宣布一下之外，没有其他任何办法可以表达。这种内心的堆积如此地巨大，有时候我坐在沙发里甚至在想象自己就是俄罗斯爱情河的地下源泉。我开始并未发觉，只有德雷福斯小姐感到了它的存在，因为黑人的觉察力特别敏锐，这与他们曾经的生存环境不无关系，在那些原始森林和沙漠里，生命的源泉很少而且藏得很深。为了向她表明心迹，我已经独自练习了很久。在不久的将来我们去曼谷的旅行途中，我将向她说："心上人啊，我要把一切交给你。我的心中有太多的取之不尽的爱，一些地理学家甚至怀疑我就是爱情河的源头……"在这里我要插上一句，也许总有一天我会去法兰西学院讲课，让所有赫赫有名的学者们都认识到蟒蛇的存在是值得尊敬的。

所有我迫不及待地需要的，为了不打扰邻居，我在内心里大声呼叫所要求的，就是一个可以爱的人。我猜想人们所说的富裕社会可能就是如此。因此你不难明白把所有的这些说给像苏雷斯教授这样的人听是多么不容易。一个什么示威活动都参与的人也许不喜欢看到一团红肉在楼道里自己的地盘上流血，另外他也绝对不会知道爱情河，因此需要一点一点地让他明白。我和他，一个是生的，一个是熟的，而这正是语言使用中的真正问题，语言的使用方式是无法被听见的。他已经把钥匙插进了钥匙孔里，要打开门只有这一把钥匙，这把钥匙是为打开前进和共识的锁准备的。

现在到了我要在你们的众目睽睽之下全盘托出的时候了，如果苏雷斯教授同意接受并看管我的老鼠，这不仅能在我们之间建立起伟大的友谊，还能让我自己最终解脱出来，因为我经常会过分地控制自己，而其他人经常控制得不够。

“您想让我为您的老鼠做什么？这是怎么一回事？”

他生气地说。我并没有不高兴，反倒有些感动，我们之间正在以这种激烈的方式缔结友谊。

“再说，为什么是我？为什么您要为了老鼠的事情来找我？这意味着什么？我可没有时间可以浪费。因为您是我的邻居，我对您很客气，不过我还有别的猫要照顾（法语中的一句俗语，意为还有别的事情要做。——译注），没有时间照顾您的老鼠，相信我。”

我扑哧一声笑了出来。

“不好意思，”我有点结巴地说，“您从精神上照顾到了……”

我笑弯了腰。

“提起老鼠马上想到了猫……”

我并不是记恨他，但实在太好笑了。

“所以说……”

他变得脸色苍白，而他脖子上的灰色围巾在苍白脸色的衬托下显得更加灰暗。

“您瞧不起我？我是法西斯？罗马人？您是来挑衅的吗？”

我害怕了。我正在失去一位朋友。他两眼火光直冒。请原谅我在此描述的语气有一点文学化，这不是我惯用的风格，因为很长时间以来这种风格都不奏效了，因为包装纸上的文字不算数，我相信的是内在的东西。我力图在此保持一种赤裸的、人性的、大众的语气，以防曲高和寡。

“您是一个如宇宙般宽广的人。我不知道该拿藏在家里的小白鼠怎么办，我说‘藏’是因为它太弱小，周围的一切都对它不利。”我结结巴巴地说。

“您的蟒蛇呢？它吃什么？它不吃老鼠吗？这不正好吗？”

他朝前迈了一步，双手插在口袋里，前面穿着马甲，外套披在后面。叼着烟头，留着胡子，系着围巾，戴着帽子，手臂下夹着公文包，里面塞满正义和人权。我小心谨慎地打量着他。他的怒气消失了，脸上甚至带着一丝嘲弄。

“您的蟒蛇喂得好吗？它吃什么？老鼠不正合适嘛！年轻人，您不必为此烦恼，这是自然天性！”

“我无可奈何。我想找其他人帮我喂。我是来求助的。感情的死亡率高得惊人。”我说。

“您说的法语真奇怪。”他说。

“我就是想找到一个突破口。谁知道呢，我们也许能从其他事物上找到出路。我办公室的哥们说人们已经制定了专门保护环境的宣言。得益于保护神圣生命的法律，我们进入了生命之中，可是一旦进入就无法出去了。我不知道您是否曾经把一只没人保护的小老鼠放在手心里，当然您有上百万的饥民要关心，这会马上减轻您的痛苦。为了表明我的态度，我最后要说，电视让每一个人都能通过观看那些与自己无关的惨剧来找到安慰，但是我不行，我想说，我还是感觉和以前一样不幸。这是我畸形的一面。”

他的态度缓和了。

“您应该有一些朋友吧？”

“我会有朋友的，不过人们都害怕蟒蛇，我不能因此抛弃它。我就是我。蟒蛇就像是外星生物，就像人们所说的来自外部的不可能的援助。”

他把手放在我的肩膀上，但是并未摆出一副恩赐的模样，因为他是一个经常表现出同情和宽容的人。

“听着，我的小家伙，我理解，我非常理解，不过我家没有地方，我的房子很小。我不能请您到我家来，不过哪一天我会去您家看看。好好保重。要有信心，不要一个人待着，试着交些朋友。”

他留下我回了家，因为他有钥匙。不过这不重要，我毕竟从我的小房子里迈出了巨大的一步。我在那里站了好一会儿，脸上带着微笑，看着眼前关着的门，好像它不再是木头做的。

26

我回到家久久不能入睡。友谊之歌在高唱，虞美人在歌声中绽放，我爱虞美人，因为它们的名字很美，虞——美——人。此刻心情是多么愉快，耳边甚至传来孩子们欢乐的笑声。我心中的交响乐奏响了，在小提琴的伴奏下，人们翩翩起舞，盛情殷切。世间所有珍贵的友谊都包围着我，好像是埋在地下只等我去发现的宝藏，二十亿沉浸在爱情河当中的金银岛。人们感到难过，因为虽然他们做了很多善行，仍然无法给遭受干旱的地区带去降雨，因为环境变得越来越干旱，每个人都想着慷慨地奉献，多么美好的事情啊，世界都要被慷慨挤爆了。现在，也是一直以来最大的问题就是，大量的慷慨行为无法通过我们现有的流通系统得以排散，上帝也不知道为什么，所以刚才提到的爱情河只能萎缩到从尿路流经。在我的内心里有好些看不见的奇妙果实，落在地上腐烂掉，我不能把所有的都给“大亲热”，因为蟒蛇是一种生活特别有节制的物种，至于小白鼠布隆蒂娜，它也没有太多的需要，把它放在手心，它就知足了。

可是我的周围缺少另一个温暖的手心。

27

夜深了，我还在内心里滔滔不绝地说，伴着轻歌曼舞，悠扬的笛声，美丽的虞美人和朋友们的微笑。在黑夜里，我们可以无拘无束。有人说墙壁长了耳朵，它们会偷听人说话，不过这是不可能的，墙壁才不关心这些呢，它们只是默默地伫立在四周。不用在乎墙壁。只有德雷福斯小姐才会来摘取我心中的果实，不让它们在脚下烂掉。我在报纸上读到，一些人因为电梯故障被困在一起长达三十六个小时，这种情况也可能在我们身上发生。只要有一次故障，一次真正的故障，就能把我们从只能靠运输通道见面的困局中解放出来。我甚至萌发蓄意破坏电梯运行的想法，不过当我们乘坐在正在运行的电梯中时这个想法无法实现，必须找一个同谋。我甚至想到了请办公室的哥们帮忙，不过我不敢开口，因为我肯定他会带来破坏性的后果。

我还是躺下了，倾听着我内心的地下电台的播音。这时候我特别想爬起来，伸开双臂把自己抱在怀里，让自己在手心里睡去。

最后，我想到了另一个不那么笨的办法，于是我很高兴地下了床，在沙发里找到了“大亲热”，它缠上我的身体，深情地把我紧紧搂住。

我把布隆蒂娜放在手心，“大亲热”给我取暖。我们三个在一起总是有办法。

一天夜里，我们三个就这么安心地睡在一起，这是反抗自然天性的胜利，它给人们展开了一幅不可能的尽头的美好图景。然而，一出惨剧突然发生了，因为惨剧发生在我的睡梦中，我无法作证。我肯定是松开了手心，让小老鼠独自面对“大亲热”，而“大亲热”在丛林生活中学会的生存定律马上起了作用。当布隆蒂娜在黑暗中面对一个怪物张开的大嘴时，虽然她什么也看不见，但是我完全能猜想到她所感受到的巨大恐惧，我想当你们也置身于同样的情境中时，你们肯定也能猜想得到。任何抵抗都是徒劳的。我被一种巨大的恐惧所控制，在这一瞬间我感到自己就要出生了，因为有些传言说分娩是由恐惧产生的。那时一个人的内心会发生强烈的斗争，因为缺乏必要的软弱，他完全没了主意。幸运的是，当我醒过来的时候，“大亲热”和布隆蒂娜安然无恙地躺在它们各自的地方睡觉，什么都没发生，只是我做了一场梦。我仍然下了床，把小老鼠放进它的盒子里，可是我一个人很难再次入睡。

28

第二天早上九点五十整，我期待已久的时刻就要到来。我已经有意错过了好几趟电梯，为的就是等德雷福斯小姐到来的时候，好像是我们凑巧乘坐同一趟电梯一样。当我看到她来到电梯前的时候，我甚至都有点慌张起来，我生怕她不会来，然后我收到一封她写给我的信说我们之间一切都结束了。我们在一起同坐电梯已经有十一个月了，必须提防日复一日例行公事般的共同生活带来的伤害，绝不能让她在这种关系中渐渐地失望。

我有点紧张，因为刚才我被人骂了。

上班路上我在拉美西斯香烟店停下喝了杯咖啡。我的邻座坐着个老妇人，她的腿上放着一个篮子，篮子里装着一只绿色的鹦鹉。一个在巴黎带着鹦鹉出行的人并不会引起我的关注，不过她却有话要跟我说。她面带微笑地递给我一张纸板，她那微笑就像中国餐馆里又酸又甜的菜。

“看看，先生，这是一项新服务，您白天和晚上都可以打电话，不论什么时候都有人跟您说话。您可以在电话簿里叫知心姐妹的行业一栏里找到电话号码。她们不做任何宣传，您可以跟她们说话，她们会带着关心问您一些问题，总之她们会关心您的。现在订购服务有赠品，在您生日的时候会收到一份精美的小礼品。这年头，您可以放心，在她们那里会有专门的人想着您。”

我怒了。我可是一个衣着体面的人，我可不是一件丢失的物品。

“当我跟她们在电话里说完，她们会干什么？挂断电话吗？”

“这个，当然。”老妇人说。

“这个，当然。”我立即用一种嘲讽的语气重复了一遍她的话。

我站起身来，把咖啡的钱扔在桌子上。

“我挂断电话，然后独自跟绿鹦鹉待在一起吗，”我说，“听着，夫人，我结婚了，我和一位在电梯里认识的年轻女孩生活在一起。我不需要打电话求助。”

接着我说出了一句十分精彩的话。

“夫人，在巴黎，没有人会跟一个不会给你任何好处的人说话。”

接下来发生的事情证明了一个人竟会在他人面前欺骗自己，同时也证明了鹦鹉们虽然与主人形影不离，但终究没有足够的能力表达出它感受到的东西。因为没有人打电话向她求助，老妇人哭了起来。这并不奇怪，如今一些年轻人因为缺乏朋友会拿着枪胡乱杀人。这是第一次我让一个人哭了起来，这让我方寸大乱。

再接下来发生的事情证明我们有时候还不够了解绿鹦鹉。首先，她（老妇人）哭了起来。正如我一丝不苟地记录下的，因为她的电话没有响。我要重复一下这件事的重要性：这是第一次我让一个人哭了起来。这个我从来不知道的天赋的发现让我方寸大乱，有了它，之后我在巴黎的人际关系方面会变得更加便利。通过这种表现我存在的方式，我从他人的谅解中看到了一道闪光，看到了与周围人平起平坐地生活在一个民主城市里的可能，对此我无比惊愕。但更令我惊愕的是鹦鹉通人性的一面，而且第一眼很难看出来，尽管我在国家图书馆里遍览群书。这只鸟在我跟老妇人说话期间一直待着篮子里，突然它三两下就跳上了主人的肩膀，扑闪着翅膀遮住主人布满岁月痕迹的脸，大叫道：

“怦怦！我的心都碎了！怦！”

“我要是年轻漂亮的话，您肯定不会对我说这样的话。”它的主人说。

“怦怦！我的心都碎了！怦！”鹦鹉叫得更欢了。

它的主人掏出手绢擦了擦眼泪，喂给它一颗开心果，冲它微笑。

鹦鹉一下子好像出了故障，只会发出“怦！怦！怦！怦！”的叫声。

“是爱情被唤醒了！”主人喘着气说。

鹦鹉不说话了，来自我同类的不理解让它的眼睛睁得大大的。它甚至都不再是一只鹦鹉，它甚至有着跟它主人一样的肉体。

“怦怦！”鹦鹉叫了两声又回到篮子里去了。

我被这一幕感动了。

“我养了一条蟒蛇。”我对老妇人说，为了让她感觉到我们之间还是有些共同点，有点缘分的。“它已经蜕过几次皮，不过它终归还是一条蟒蛇，这正是问题所在。”

拉美西斯香烟店的老板走了出来，收走了我扔在桌上的钱。他对我们说，刚从收音机里听到，从南边若维希开始，高速公路上有十五公里长的塞车。他的言外之意是别的地方没有塞车，一切都是自由的、开放的、充满各种可能的。这个老妇人已经头发斑白，就是那些不再有任何利用价值的人中间的一个。她也许自己有家小店铺什么的，除此之外，也没什么可干的。我借机向她介绍了全国医师协会，主要是关于堕胎所和神圣的生命权方面的信息。

我记得在对面的杜克雷斯特街上，我刚才正好看到了一张告诉人们怎样对溺水者或者其他的人进行口对口呼吸抢救法的示意图，示意图上还配有照片。这种方法需要立即实行，可通常总是太晚了。因为在繁忙的交通中和大街上，一个快溺死的人与路人毫不相干。相信我，大街上的茫茫人流可不是那条叫爱情的大河，在地铁高峰期汹涌的人流中，溺死者是不会被注意到的。我差一点就以最快速度跑向了老妇人，以对她进行口对口人工呼吸，不过我想不论是打电话还是口对口人工呼吸都救不了她。从社会和文化的角度来说，这就是人们称作重振活力的工作，它充满了艺术价值，与此同时，她的鹦鹉会用它那双不解的圆眼睛盯着我，似乎我能给它答案。老妇人继续从篮子里冲我微笑，不过我们能说的都说完了，我们之间缺乏更多的共同之处，这让人不自在。不过我还是得做出一副平常的样子，我并不想让她觉得我对她不感兴趣是出于跟所有人一样的原因，于是我借着香烟店老板说的从若维希开始的十五公里长的堵车，说了句得体的话。我特意大声地说，就是让她领会到，虽然这里堵住了，但是别的地方还是行得通的，我并不想让她觉得自己一无是处。之后我马上把话题转移到那些庞大的数字上，好让她觉得还有很多人跟她一样，比如新生命的可能性，在蚜虫祸害之后还残存的葡萄园，数量不断增长的奶牛给健康部长带来的担忧，这是我在他发表在《世界报》的文章中读到的，不过实际上可能是农业部长，他们弄混了或者是印刷错误。另外，由于当局管理疏忽或者由于堕胎所出现的裂缝，还是有人在某些地方出生了，就像在两千年前突然有了人类一样。不过，让我感到为难的是给一只惊呆了的鹦鹉做口对口人工呼吸。我是个坚定勇敢的人，但是面对篮子里面一只吓坏了的鹦鹉，我无计可施。

29

在讲述电梯里发生的关键性事件之前，我不得不掉头回家一趟，因为就在这期间，“大亲热”干了一件让我心急如焚的事，让我与全楼住户都产生了对立。算了，我只是忽然产生了这个念头，为了不让聪明的读者们因为我优美婉转的讲述方式留下一片混乱厘不清的印象，我仍然决定首先讲述在电梯里发生的幸福的事情。电梯刚刚启动，德雷福斯小姐就看着我，朝我微笑，随即露出她洁白的牙齿，并且用她来自的小岛上的口音说：

“您的蟒蛇怎么样了？它还好吗？”

这可是继我们在香榭丽舍大街上那次具有纪念意义的邂逅之后，她第二次向我公开示好呢。

电梯又往上走了一层，我才找到自己的声音，就像所有人突然经历令人呼吸停止的事件一样，我有点儿神志恍惚。

“谢谢您。”我平静地回答她。因为我知道年轻的黑人姑娘们都像羚羊一样敏感易受惊吓，我不想让她觉得不安。

“谢谢您。我的蟒蛇过得还行。”

我本可以对她说“我的蟒蛇过得很好，谢谢”，不过我不想给她造成我不再需要她的印象。我脑海中闪现出电视二台《动物生活》节目中一只受惊吓的母鹿逃跑消失掉的场景。当一些不常发生的事情发生的时候，我不知道自己是否能足够把握到它的重要性。

“我的蟒蛇过得还行。它在依照自然规律生长着，每年它都会长长两厘米。”

我们交谈的机会还剩下两层楼，不过我收起了我的表达天赋。平常的我戴着一副电影人经常戴的墨镜，让我看起来像个有分量的人物，好像是某个不愿意被认出来的名人，不过那天我没戴墨镜，我想让墨镜见鬼去吧。我能用我会唱歌的双眼表达我的灵魂。我这一辈子从来没有像现在在电梯里这一刻这么幸福过。我向她表达藏在心底深处的那只趴在篮子里的鹦鹉受到的全部惊吓。突然间我看到肉店里货架上的所有鲜肉开始张开嘴巴用自己的声音唱歌，甚至在突然之间，鲜肉的质量大幅度地提高了，人们终于得以分辨出好牛肉来。突然间我感到自己获得了新生，不加吹嘘地说，我感觉自己成了一块上等牛排。

电梯继续往上走，我们经过了曼谷、新加坡和香港。我总是在报纸上读到有人在火车、飞机、出租车上意外生下孩子的新闻，我始终不太相信，不知道这些孩子到底是怎么出生的。穿着迷你裙的德雷福斯小姐十分认真地看着我，我觉得她能看到我的内心深处，那里藏着一只受惊吓的鹦鹉，一只住在盒子里的小白鼠，还有一条每小时打二十个结的两米二长的蟒蛇，而我就是它们的代言人。她的微笑更是说明了这一切。我甚至感到整个电梯都飘飘然起来，等我缓过神来才发现又回到了一层，电梯里只剩下了我一人。

不过这还只是开始，就在我刚刚走进办公室的时候，穿着低胸套头衫的德雷福斯小姐端着一杯咖啡走了进来。我略去了记录下她仿皮的迷你裙和靴子。她一边打开电脑，一边用勺子搅拌着咖啡。

“那条蛇，我能去看看吗？”

我愣住了。只有掉进水里的人才知道求生多么重要。孤独的感觉我很了解，不需要人告诉我两遍，我就会毫不犹豫地跳进水里。于是我下意识地回答道：

“您请便。欢迎您在方便的时候来我家跟我们一起喝一杯。”我看见了那只趴在老妇人篮子里的鹦鹉。

“周六下午您方便吗？五点见？”

“五点见。”我用一种清晰而干脆的声音立即做了回答。

她离开了。我相信从我身上能看到整个世界都会被女人的爱所拯救。当然，我还知道在五楼住着一个叫亚贝克的先生，他的衣柜里藏着一套纳粹军装，上面还有一枚反写的万字徽章。就在德雷福斯转身离开我的时候，我写下了这一句。

我像被闪电击中一样，呆呆地站着，不知过了多长时间。我必须放松自己，找到常态，坐下来。显然，这一幕发生之后，我好大一会儿甚至更长的时间都处在呆若木鸡的状态，我需要活动活动筋骨以找回自己。我并非想给自己制造有利的暗示，因为到处都有各种特别美好的爱情故事无缘无故发生，比如我的，不过我渴望尽一切能力将所有的小细节向着积极的方向引导。

我兴冲冲地赶回了家，想抱起我的老朋友“大亲热”欢快地跳舞，在我沉浸在喜悦之中的时候，我身上的酒神气质会充分地表现出来。

正是在这一刻，我才发现“大亲热”不见了，它消失了，彻头彻尾地消失了，无影无踪。在我的一居室里没有我不知道的地方可以供它藏身的，因为我熟悉房子里的每一个角落，在它跟我赌气的时候，我总能找到它，在床底下，沙发底下，窗帘后面。不过这些地方都不见它的踪影。

再仔仔细细地搜寻了几分钟，我慌了神。我感觉把自己丢了，一贯头脑冷静的我，一下子无法用理性来思考了。我甚至开始怀疑是不是因为德雷福斯小姐造访的消息让我过于激动，导致了“大亲热”的失踪。它走了，因为它以为我不再需要它了，因为马上有人要取代它的位置缠绕着我。出于善良和理解，或者相反，出于怄气和嫉妒，它走了。很有可能是尼亚特太太让门开着，让它伤心绝望地溜了出去。也许它临走时含泪匆匆留下了几句离别的话，可是我一个字也没找到，我一屁股坐在沙发上抽噎起来。我该怎么办呢？当德雷福斯小姐周六来到这里，发现我不在，而且没有给她任何解释时，我该怎么办呢？孤身一人，在偌大一个巴黎，如纪念碑一样终生无法改变，焦虑啊。在低处爬行的它将会被一氧化碳毒死，大街上那些仇视外来物反对野蛮移民的人不可能不发现它，他们甚至还杀死过阿拉伯人。我不习惯感受幸福，我从未经历过一种突然的幸福引发的出人意料的事件带来的影响。一面我还被电梯里德雷福斯小姐的微笑包围着，她就要来这里了。另一面，朝夕相处的“大亲热”的失踪让我完全不知所措，我被撕裂了，被各种混淆在一起的情感所冲击着。

我到处找着我的蟒蛇，甚至连外面上了锁的衣柜都找过了，就像所有人能做的一样。在所有关于蟒蛇的书里，总会有一本是说如何借助外力的。

不过衣柜里也没有。什么地方都不可能找到它。

这种不可能在我的周围以可怕的速度扩大着，触及到我的所有财产，手里握着打开更多的锁的钥匙。

总而言之，你们能想象得到一个最亲密的存在消失之后我会陷入一种怎样的状态。我将带着疯狂的想念睡下，我将会被重重的疙瘩压迫得无法呼吸。我真的被困住了，在把所有美国式的过剩都给了某个人之后，我已别无选择，只能接受大限将至。我说的“某个人”是个宽广和抽象的概念。当人们结束了漫长的被人漠视的一天回到家中，看到蜷缩在地毯上或是挂在窗帘上的它，肯定会露出会心的微笑。我无法想象谁还会来照顾我，喂我吃东西，把我抱在怀里，像一个伴侣一样充满爱意地搂着我的肩膀。

我认为博爱是一个混合了我和他们，我和他，以及其他所有可能性的语法状态。我甚至一时觉得我只是迟到了一会儿，可能是地铁罢工了，我一身疲惫但是心情愉快地回到了家，我听到了每晚熟悉的开门声，接着，“大亲热”走了进来，胳膊下夹着报纸，手里拎着食品袋。我马上爬了过去，向他表达我的好意，我咬着他的裤腿就像我偶尔会跟他开玩笑一样。这般场景套用一句流行的话形容，就是没有最好只有更好。不过我还是真的无法相信，我只有八岁，却见证了不可能的尽头。

我害怕像鹦鹉一样被抛弃在篮子里，甚至都没有一个老妇人可以互相依靠；我的冲动被堵在了喉咙里，就像从若维希开始的堵车长达十五公里；一想到“大亲热”可能被卡车压死，或者被尼亚特太太送到了卖女式包的商店里，我就充满恐惧。这些个念头在我脑子里占据了太多的空间，以致引发了沉船事件，船舱里的文化残骸四处漂浮——带领人民逃出埃及的拿破仑，我们的高卢祖先，贝多芬的半身像，雷诺工厂的罢工者，左派的共同纲领，全国医师协会，罗塔-雅克布教授关于设立堕胎所的不露声色的提议，以及对“大亲热”被选做派往海外的法国代表的坚定信心。我甚至预感到，因为这些个念头，人们冲进来逮住我放进网兜里，我被送去进行鉴定，为了看我是不是还有利用价值，然后我被交给了人权组织，一切就绪。

快到晚上十一点了，我浑身蜷缩起来，在小心谨慎的判断之后，我并不打算把自己解开，以免造成死结，好比解鞋带的时候必须十分小心。尽管我就这么躺下了，内心依然如交通高峰期一般混乱，到处是堵车，到处是红色的限行标志，到处是救护车和消防车的尖叫。所有的拥堵都只聚集在我的周围，而与此同时，打着为了增加劳动力，为了扩张，为了充分就业的旗号，新生命仍在不断地来到这个世界上。这是衰败、枯萎、匮竭的标志，如需增援，警察随叫随到。这便是教育部推行的胎教计划。我试着像螃蟹一样敏捷地脱身，为了驱散我的恐惧，我试着把各种念头联系起来，从胎教到意大利宽粉，从意大利宽粉到恋物癖，从恋物癖到文化，再到勃拉姆斯第九交响乐，为了做出点改变；再到成功越狱的拉图德，在吹响的小号声中倒下的墙。人们高呼法西斯永不得通过，其余的一切都得以通行。胎教计划与政党无关，与意识形态无关，它不需要民众支持，它仅与人口学相关，它是自然规律的需要。它代表着由尿路降生的生命的神圣权利。我便是带着一种强烈的无法抵抗的意愿来到世间的，因此我甚至能站起身子在洗手池里撒尿。

30

有一件事情可以确定："大亲热"不可能出门，因为它没有钥匙。唯一有可能的解释是他在办公室加班。他不大可能去找那些好心的妓女。因为他通常是在中午到下午两点之间去找她们。这段时间那里生意清淡，人比较少。这只是他的一种观念而已，不过他就是这么想的。我不大会相信它在地铁中被人发现然后被脚踩死了。因为住在巴黎的人们结束了一天的工作之后，一般都十分疲惫，没有心情示威。我也不相信是警察把它抓去了，从根本上说，警察跟它没有对立面，因为它只能卑躬屈膝地爬行。

出于目前的状态，我无法更多地向您讲述我心中的混乱。套用本世纪人们经常说的一句话，总之大家会明白，我正在把自己一点一点地从疙瘩里解救出来，重新找回我那一贯的笛卡尔式的清晰头脑。"大亲热"肯定已经爬出了房间，因为我知道它发现开口就爱往外钻，它一直梦想着有这么一天。它是那种对外面的世界充满了幻想的蟒蛇，对还未发生的事情充满了想象。严格地说，它不是无脊椎动物，它是无格式动物。

我又重新找了一遍。它不在。不过当我意识到它真的不在了，这就已经是清醒头脑的伟大胜利。

我把布隆蒂娜掏出来放在手心里，轻轻地抚摸着它的背脊，这让我感觉好多了，就像有人向你表示友好一样。我想“大亲热”的离开反倒会让布隆蒂娜高兴，因为它不会被吃掉了。

接着我陪伴她重新回到她的住处，就在我关上衣柜门的一刻，我听到呼啸的警笛声在我家楼下停了下来，我连忙跑去推开窗户探出身子一窥究竟，我发现楼下停着一辆警车和一辆救护车。

我马上想到了是谁在救护车里：“大亲热”，已死，系被63路公共汽车压死，五年前在那辆车上还有个可怜的家伙跟我说过话呢。人们将尸体抬上了救护车，警察来我家调查我为外国野蛮劳工提供的住宿条件。为了尊严我握紧了手中的冲锋枪，当然只是个手势而已，为了增加我的自信，因为我没有冲锋枪。我站在房间中央，吞咽着对我不利的证据，不过还是有一些从我的脸颊上逃脱了。他们会把“大亲热”用担架抬进来。巴黎动物园的负责人曾经对我说：“您有一条漂亮的蟒蛇。”它也许遭受了毒打，因为它的样子太像了。

我等候着，因全身无力而攥紧了拳头。但是没有人来。外面传来了一阵喧哗，不过只是在楼下的某个地方。最后，在放弃了一切戒备之后，我打开门走了出去。

31

楼下传来阵阵叫嚷声，我俯下身子看去，果不出所料，来了几个抬着担架的护士，上面躺着的是尚乔瓦·杜·杰斯塔尔太太。之前我尚未提及尚乔瓦·杜·杰斯塔尔一家住在楼下，因为没有这个必要。我还看见两个警察和秃顶的尚乔瓦·杜·杰斯塔尔先生，他也缠着绷带。当他抬头看着我的时候，我觉得这件事牵扯到了我。他的目光里充满了愤怒，我感觉到自己就是始作俑者。

“卑鄙！下流！变态！”

他朝我舞动着手中的长柄勺，要不是警察拉着他的手臂，他差点就打到我。尚乔瓦·杜·杰斯塔尔先生是个又高又胖的秃顶商人。他那张三下巴脸上似乎写明了他就是天主教慈善救济会的捐赠人。在此之前，我们一直保持着友好关系，因为是住在上下楼的邻居，需要互相避让。不过这一次他怒不可遏。

“流氓！变态！”

因为一下子找不出新词来，他停顿了片刻。根据一项调查显示，法国人的词汇量相对于上个世纪下降了百分之五十。我很想帮他一把。于是我补充道：

“龌龊！猥琐！禽兽！”

他不明白我是在帮他找词，还以为我是在骂他。两个警察也拦不住他。

“流氓！敢动我老婆！”

“您跟我们走一趟！”其中一个警察听到他这么一说不放心了，不过另一个倒是听之任之的样子。

尚乔瓦·杜·杰斯塔尔先生朝我吐了一口唾沫，不过我站在离他三级台阶之上，结果没能够着我。

他们把他关进了屋子，之后紧紧地夹住我的手臂把我带走了。

您知道在十五区警察局的监狱里我见到了谁吗——我亲爱的老朋友“大亲热”，您能想象得到我有多么开心多么幸福吗？因为受到了惊吓和自我防卫，它将自己紧紧地扭成一团。警察从监狱里放出了好心的妓女和无法证明自己合法身份的日本游客，而只有它是孤身一人。我伸出戴着手铐的手去抚摸“大亲热”，这温柔的触摸让它一下子认出了我，它迅速地从自己扭出的结中解脱出来，无比轻松地爬了过来，盘旋着直起身子好让我抚摸它的头，因为它对他人的爱抚尤为敏感。旁边的一个妓女——我带着无限的温柔这么说——一个特别温柔的金发妓女，她们一贯都很温柔，就像她们自己认为的一样，她说：

“它真可爱。”

她的赞美让我感动至极甚至脸都红了。于是我被请进了我已经熟悉的警察局里，在那里我得知了“大亲热”和我们之外的人之间发生的一切。

我知道它喜欢水，所以我从不让它进入卫生间。不过，那一天我没有关好卫生间的门，而让颇具探索精神的“大亲热”钻了进去。它对卫生间里的马桶产生了兴趣，酷爱钻口子的“大亲热”一下子爬进了马桶里，又从那里钻进了下水道，然后轻松凉快地到达了楼下一层。它从尚乔瓦·杜·杰斯塔尔家的马桶里钻了出来，就在这一刻，不幸降临在正坐在马桶上方便的尚乔瓦·杜·杰斯塔尔太太身上。“大亲热”抬起身子想要呼吸，对下水道外面的世界充满好奇的它触碰到了尚乔瓦·杜·杰斯塔尔太太本人。这位太太是个性格内向，喜欢音乐和刺绣的女人，开始她还以为是幻觉，可是“大亲热”不依不饶地用头触碰着她的敏感部位，尚乔瓦·杜·杰斯塔尔太太以为是马桶出了问题，伸头去看，于是跟一条巨大的蟒蛇撞个正着。她发出一声恐怖的尖叫之后立即昏了过去。在此必须说明一下，“大亲热”身长两米二，她对此极不适应。再接下去就发生了刚才提到的骚乱，以及尚乔瓦·杜·杰斯塔尔先生、警察和救护车。我试图向警察解释我的蟒蛇绝无冒犯之意，它触碰到尚乔瓦·杜·杰斯塔尔太太的事件纯属偶然，可是我正想开口的时候，尚乔瓦·杜·杰斯塔尔先生把话抢了过去，继续朝我骂道“人渣”“邪恶”，好像是我从下水道里钻出来摸了尚乔瓦·杜·杰斯塔尔太太一样。我步步谨慎地为自己辩护，我对他说我在统计部门工作，不是他想象的那种人，我不会钻下水道。他还是不肯松口。警长告诉我，我可能会因为给他人造成惊吓和利益损失而被移送司法处理。他再一次问我有没有在自己的住所内存养野生动物的许可。不过我还是不怎么能让他相信“大亲热”钻下水道的事情实属意外，绝无向他隐瞒的目的。当我最终得以走进监狱把“大亲热”抱在怀里时，它把头靠在我的肩膀上，很快睡了过去。

我真想迅速地走出去向围观的人群致意。

“您不能带着一条蟒蛇在巴黎的大街上走，”慈父般的警长对我说，“这个城市的人都生活在精神紧张当中，一点点火星都能起火。唯有常规和习惯性的生活才能保住稳定。如果这些人被刺激，如果你让他们看到了另一种可能，他们很可能会破坏一切。”

他出乎意料地伸出手，摸了摸睡梦中的“大亲热”的头。

“它真美，自然的美。”警长发自内心地说。

他叹了一口气。

“哎，总之您想要的一切都很遥远。”

“实际上，当我下班之后回到家里看到这么一个大自然的代表，心情非常舒畅。”我说。

“是的，这是可能的，”他说，“走吧，不过小心点，打车走吧。人群中会随时发生骚动。只有惯性才能保住稳定。一天，一个家伙在大街上一边跑一边开枪，要说为什么，我想说，什么理由都没有。而您呢，您带着一条蟒蛇……那些循规蹈矩地生活着的人们会觉得遭受了侮辱。走吧，再见。不过您可别再钻下水道去摸良家妇女的屁股了。我知道不是您，是蟒蛇干的，但是您该为此负责。如果您真的有这方面的需要，自个儿去找个女人。”

他的眼睛一刻也没离开过蟒蛇，这可不是每天都会发生的事情，好心的妓女们也在看着它，甚至还有警察。他们看到了自然而然的东西，或者不如说他们最终看到了不一样的。

“是啊，终于可以喘口气了。”警长说。没人知道他在说什么。这一刻有了希望。

32

回到家，果然不出所料，物业的人来过，在门下塞了一张黄色的单子。我连忙填好了单子，在出现疑问需要证明我的存在的情况下，这张单子将会派上用场。在地球人口即将达到三十亿，十年后预计将达到四十亿的情况下，由于通货膨胀、扩张、货币贬值，以及为人类提供肉食的牲畜出现的问题，人类将会面对很多困难。

已经到周五了，德雷福斯小姐将在明天下午五点造访我家。

我得开始做准备了。我并不打算做一番精心的布置以求给我的女神留下特别印象。我需要她爱上的是我本人。在浴缸里泡一个长长的澡以洗去下水道留下的痕迹，就让我心满意足了。可是一阵电话铃把我从浴缸里拽了出来，肯定又是打错电话的，因为每次拿起电话我都会回答道“您打错了”，所以慢慢地我开始觉得所有的电话都是打错的。我接过许多次这样的电话，电话里的人不认识我也不问我是谁，我听出他们是在急切地寻找另一个人。也许电话也有潜意识吧，能体察到他人的心声。

我在桌子上摆上一只玻璃杯，里面插上铃兰，在杯垫上摆上供两人用的茶具，再配上桃心形状的红色餐巾。这套供两人使用的茶具我已经保存了很长时间，就等着在关键时刻派上用场。至于该搭配些什么茶点，我可一点主意都没有，这让我一下子联想到了适应“大亲热”饮食习惯上的困难，不过德雷福斯小姐已经在低纬度的地区居住过相当长的时间，我相信她的饮食适应度比较高，大概什么都能吃。

为了准备这次见面，我基本上无法入睡，我不停地冒着冷汗，我一再说服自己德雷福斯小姐肯定会来。当我们等待着毕生真爱降临的时候，却总是发现无法真正准备好。

我想了很多，我认为在目前体制的良好运行中尤其缺乏的正是人类的错误，而人类错误的出现是刻不容缓的。不过，就像“大亲热”说过的，“原谅他们吧，因为他们并不知道自己是谁。”一旦我目前的著作公之于众，人们来邀请我做讲座，我将会对我的学生们说，不可能的尽头的迹象在其早期萌芽状态就可以被观察到，不论是在七叶树下，还是在卢森堡公园的长凳上，还是在蒙帕纳斯的大门后面。这就是人们所说的前兆，带有预感的意思。

那么现在就让我们进入一个即将发生的人类的错误吧。

33

我从下午两点便开始准备接待德雷福斯小姐，而她将在五点到访，不过巴黎的交通拥堵状况你是知道的。

我把“大亲热”放在窗边沙发上显眼的位置，让它显得光彩照人，到时候就靠它博得欢心了。

我穿着一套浅色的西装，系着绿色的领带，穿着体面是有理由的，当你衣冠楚楚地跑着横穿马路时，被汽车撞倒的危险性要小得多，当人们注意到你是个有分量的人时，他们会小心得多。我有一头稀疏的浅黄色头发，不过好在不怎么会引起人注意，因为我的长相不打眼。这并不让我尴尬，相反，这还能愈发让“大亲热”比任何人更好地体现出我的内在品质，这话听起来有点绕，请原谅，这都是因我的紧张造成。

门铃声在四点半响起，我差点因为紧张错把它当成又一次打错了的电话铃。我连忙跑去开门，并且努力做出放松的样子。因为一位年轻的女士第一次与一条蟒蛇约会时都会有点不自在，所以必须保持轻松自如。

穿着迷你裙和长筒靴的德雷福斯小姐站在门外，不过这并不是全部。

跟她一块来的还有办公室的三个同事。

我一脸苍白地看着他们，而德雷福斯小姐则显得不安。

“我们到了，”她说，带着岛上的口音，“看看您家都有些什么。您没忘记我们要来吧？”

我真想勒死他们，我绝对是一个没有攻击性不带半点偏见的人，不过这三个混账东西，我真想用铁腕勒死他们。

我朝他们微笑着说道：

“请进。”边说边做出一个大大的欢迎手势。

他们进了家门。一个是我部门的小头儿洛塔尔，另两个是公司质检部的布朗加迪耶和朗贝贾克。

“见到你们真高兴。”

我没有太多好话可说。

我住的是一居室，他们一下子就进到了客厅。他们可是迫不及待。德雷福斯小姐转过身来给了我一个特别美丽的微笑。不过其他几个人就……

他们甚至都没有看“大亲热”一眼。

他们朝桌子上看去。

上面摆着两束铃兰。

两个人用的茶具。

两张桃心形状的餐巾。这些个混账。

这些都是为两个人准备的，也只为两个人准备。

特别是铃兰和桃心，完全是两个人的感觉。

在他们嘲笑的眼光下我差点没死过去，不过我马上被激怒了，因为他们笑个不停。

这真是一次可怕的背叛，太残酷了。

我赤条条地站在他们跟前，空气中飘着嘲讽的味道。我不是那种自命不凡非得寻死的人，我不是一个值得感兴趣的人，大可不必要引起一场屠杀。

我无能为力。铃兰看上去就是为两个人准备的，还有卢森堡公园栗子树下的长凳，大铁门，两个人的茶具和桃心形状的餐巾。

我无能为力了，因为也没有人承诺过什么。只是假模假式的人出生得稍微多了点。

不过这也可能是一种人为错误，希望出现了啊！

“您太好了。”德雷福斯小姐看着桃心形状的餐巾对我说。

另外三个人的眼光也没有从上面移开，而是重重地压在了上面。

“IBM的电脑偶尔也会出现问题。”我结结巴巴地说。

我想说的是再好的系统里也会有人为错误，我没法证明自己的说法，我只有自己的例子。

“确实有点做作了。”我做出了英勇的努力，试图帮心形餐巾一把，因为此时此刻我感到如此软弱无力，所以必须去帮别人一把。

“我看我们成了多余的人。”朗贝贾克说了句应酬话，出于失望我用了应酬一词。

“我们走吧。”朗贝贾克说。

另外两个也这么说。当然，他们不露声色的嘲笑已经让我很不舒服。

我转而求助于“大亲热”。我左手插在口袋里，摆出一副若无其事的样子。内心深处的警笛却在嘶鸣，为了不受伤害，我真想把自己蜷缩起来。让·穆林是我的秘密上司，可是却在加律尔的一次接头中惨遭盖世太保陷害。我看了一眼“大亲热”。它在沙发里蜷成环形，眼皮沉沉的，眼睛里满是轻蔑的神情。它倒是伪装得很好，它的证件都是合法的。不过，让·穆林肯定是因为不肯供出自己是谁而被杀的。

“这蟒蛇在楼里生活得怎么样？”朗贝贾克的手下布朗加迪耶问道。

“他们都习惯了。”我对他说。

“习惯就是第二天性。”朗贝贾克说了句有深度的话。

“完全正确。事成于偶然，却要抓住机遇。”

“要顺应环境。”朗贝贾克说。

“是顺应造就了环境。”我说。

“它吃什么？”布朗加迪耶问。

我注意到我们部门的小领导和德雷福斯小姐一起走进了厨

房，他们肯定是想看看我在冰箱里放了什么吃的。

我不知道该干什么，愤怒让我四肢麻木。

再说，蟒蛇不会攻击人。所有关于蟒蛇具有攻击性的说法都是恶意中伤。“大亲热”现在正在它自己的地盘上安静地躺着。

我跑进厨房。

德雷福斯小姐正在橱柜里寻找其他的杯子。我听到客厅里传来另外两个人的笑声。我双臂抱胸，从我高人一等的内心深处露出一抹不屑的微笑。

“我在楼下等你们，在车里，”洛塔尔说，“我的车没停好。待会儿见。您的蟒蛇真的很漂亮。我很高兴能见到它。周一见？”

他脱口而出“周一见，大亲热”，我听得很清楚。

“周一见，库森先生。谢谢款待，看见一条自由自在的蟒蛇真有意思。”

德雷福斯小姐关上橱柜，因为我家没有给好几个人的餐具。当我一个人的时候，从来没有料想过两个以上的人。我不知道德雷福斯小姐为什么这样看着我。

“您知道，我很抱歉，”她说，“这是一场误会。他们想来看蟒蛇……”

她那双长着浓密睫毛的眼睛垂了下来。我猜想她快要掉泪了。我读到过一则关于海难的消息，有一个海员在海里挣扎了三天之后才被救起。所有该做的就是保持呼吸。我还有足够的空气。而她却让我觉得快被泪水淹没了。

我苦笑了一下，走向冰箱，把门打开。

“您来看看。”我对她说。

冰箱里有牛奶、鸡蛋、黄油、火腿，就像所有拥有同样权利的人那样。鸡蛋、黄油、火腿，人人都有这些。我不吃活老鼠，我还没有投降。我就是一个那些可怕的混账们想要纠正的人为错误。

我又重新双臂抱胸。

“您的蟒蛇在哪儿呢？”她轻轻地问我。

她想让我明白我不用为自己辩护。对于她来说我就是我，蟒蛇是另一个人。

我们一起走进客厅。

当我们走在一起的时候，她做了一件惊人之举。

她抓住了我的手。

我过了好一会儿才反应过来，因为一开始我还以为只是一个她顺势而为的偶然举动，总之这种事情不会通过尿路降临。

我们携手走进了客厅。

朗贝贾克和布朗加迪耶正弯着腰看“大亲热”。

“它被照顾得真好，我要恭喜您。”朗贝贾克说。

“您对大自然感兴趣很长时间了吗？”布朗加迪耶问。

“我不太懂，”我仍然双臂抱着胸，补充道，“我不太懂，不过我对大自然充满梦想。”我昂着头，双臂抱得更紧了。

“大自然啊，大自然，说起来很容易。”

“是啊，环境问题，应该保护那些快要灭绝的物种。”朗贝贾克说。

“需要有能遗漏下来的物种。”我并没有怎么坚持，因为他们也没办法。

“猩猩、鲸鱼和海豹也同样受到了威胁。”布朗加迪耶说。

“实际上还是可以做些事情的。”我忍住没笑出来。

“是的，确实有些物种正在消失。”朗贝贾克说。

我在这句话的暗示中保持着镇定。

“餐板上还有些面包呢。”朗贝贾克居然还有胃口。

留着中分头的他转过身来对我说：

“我亲爱的朋友，我要向您表示祝贺，至少您还做出了一份努力。”

我的两条胳膊抱得是那么紧，无形中增加了我的气势。胳膊对于鼓舞士气确实起到了重要作用。

无须多说，我仍然控制着局势。如果没有那两张桃心餐巾引发的灾难的话，我甚至可以毫不掩饰了。不过两张餐巾仍然摆放在那里，红红的，还有铃兰，对于这些，我的确是无能为力。

站在窗边明亮处的德雷福斯小姐显得很美。她在等其他人离开，不过那两位聊得正欢。当我们同时被心仪的和心烦的包围着的时候，经常不知所措。

我很快感受到了这一点，这时我多么希望会一种他们都听不懂的语言，一种以前不存在的语言。

写到这里，我发现自己还忘记了交代另一件事。每次我从索乐街的肉铺前面经过的时候，卖肉的都会一边摸着他切肉的刀一边朝我递眼色。一块红色的肉静静地躺在他的案板上。显然，卖肉的对生肉已经习以为常。而我则要努力保持英国人式的镇定。案板上的肉就像篮子里沮丧的鹦鹉一样，在用一种无声的语言控诉着遭到的不公。不应该忘记那些沮丧的鹦鹉们，它们是一个值得特别留心观察的物种，它们的表达方式有限，因为它们可以使用的词汇是经过预先编排预先设定的，而且经常重复，确切地说就是被人为地设置了限制。它们的沮丧和瞪圆的眼睛都是因为无法被理解所致。有人会反驳我说，诗人们显然还在为我们的语言做着英雄式的抗争，不过因为他们的书印数有限，同时又受到影音媒体的冲击，因此他们并不构成威胁。除了在苏联，他们得到了特殊照顾。

对这个肉贩子我一直心存戒备，因为他喜欢上等好肉，整个街区都知道他。

德雷福斯小姐将唇膏放回手提包里，又把包合上。她朝我伸过手来。她甚至都没有看“大亲热”。在黑人身上总有一种局促不安，让人想到他们的起源、丛林生活、猴子和种族主义者。世上不存在低人一等的种族，因为在不可能的尽头没有高低贵贱之分。

“很抱歉，不过我要迟到了。周一见！能来这里我很高兴。”

我觉得最后一句话应该由我来说。

朗贝贾克拍了拍我的肩膀。

“见到‘大亲热’我很高兴，我们应该与大自然保持联系。我要祝贺您。”

“真好！您做得真好！”布朗加迪耶带着一种庇护人似的口吻说。

“再次感谢！周一见！”德雷福斯小姐说。

“有机会再来！”我对他们说了一句灵活的话。

我关上了门。他们在楼道上等电梯。我犹豫了一下，我打心眼里不想听到下面的话，可是太晚了。

“这不会是真的吧！这不会是真的吧！你们发现了吗？”

“我向你们保证过，绝对值得来一趟！你们看见桌上的那两颗桃心了吗？”布朗加迪耶说。

“这家伙到底在乎的是什么？”洛塔尔的声音，显然他是特意重新从楼下上来的。

“你觉得他到底是一个怎样的人？”布朗加迪耶说了句自觉得高人一等的话。

“可怜的家伙，不过他还真是不一样。”朗贝贾克说。

这帮凡夫俗子们，他们还总想把鼻子抬得比水面高。这是一种常见的呼吸方式，通过抬高鼻子保全自己呼吸到的空气。这是一种心理暗示。

为了更好地完成目前的著作，我静静地趴在门后面等着接下去的动静。

德雷福斯小姐什么也没说。

她什么也没说。这是我做出的刻意强调。

她正含泪忍受着内心巨大的情感冲击。

她的沉默我听得很清楚。我的脸颊贴在门上，轻轻地贴在门上，就像贴在她（德雷福斯小姐）的身上一样，我露出了微笑。我感到我们三个都是抵抗运动的成员，我们在同一个地下组织中，我们完成了出色的工作。我们的工作并不是微不足道的，尽管如今的电脑有阻止产生人为错误的功能，也无法将我们的作用删除。

不过我也得承认刚刚经历的这次考验让我内心的疙瘩缠得更紧了，为了不再给自己造成更多的损失，我不敢再动弹。

34

我慢慢地平静下来，为了让自己重新打起精神，我小睡了一会儿，之后我轻松地恢复了元气，毫发无伤，四肢健全，运行良好。

我来到布拉特街上的一家中餐馆吃晚饭，这家餐馆很舒服，因为店面狭小，所以桌子挨着桌子，人挨着人，当你独自一人时，绝对不会感到孤单，人们手肘碰着手肘，很有亲情。你能听到那些并非对你说的却触及你心底的话，也能借此机会向他们表示出兴趣和好感，以及毫不吝啬的关注。这里人气很旺，在这种充满亲情的氛围中，我精神焕发。在内心深处我扮演着嘴里叼着雪茄逗大家开心的活跃分子角色，我感觉良好。大家的陪伴和无拘无束的气氛正合我的口味。另外，我清楚地知道不能带着蟒蛇到餐馆吃饭，我需要遵守社会行为准则。这一天的气氛尤其地好，我的左右边各坐着一对情侣，我洗耳恭听到了他们之间所有的甜言蜜语，这真是巴黎最好的中餐馆。

我回到了家，不过在度过了充实的一整天之后，我很难入睡。我中途起来了两次，我站在镜子前把自己从头到脚检查了一遍，也许已经出现了什么记号，不过什么都没有，还是原来的那一副皮囊。

我想当开口出现时，不是在这里就是在那里，在良好运行中总会出现片刻的疏忽。除此之外，我还在想为什么只有自然界有春天，春天为什么不在我们身上出现，如果我们也能在四五月间繁衍一点什么新事物那该多好。

我把自己从头检查到脚，除了左腋下的一颗痣什么都没有，而且那颗痣好像以前就有了。没错，现在我们是在十一月。

我去寻找“大亲热”，不过它一点也不在状态，它蜷缩在床底下，拒绝搭理我，好像是竖了块牌子，上面写着“求你别打扰我”。

我重新躺下，我有一种恐怖的感觉，觉得自己好像一个死婴，窗外传来喷气式飞机的轰鸣，警车在夜里朝着某个方向疾驰而去，汽车在前行，我试着安慰自己说是有人要赶往某个地方。我想着在遥远的意大利发生的太阳雷暴雨。我不停地对自己说到处都有消防员，可人们依然在纵火，这一切并不是漫无目的，都是因为无效的承诺，在可能的世界里所有发生的事情都在眼皮底下。我的窗子被下面马路上的路灯照亮，如果发生紧急情况，伸缩梯能够救出所有楼层的被困人员，那时候我就会发现一个人影出现在窗前。不过我也很有可能会被隔离，会被送去做检测做鉴定，做人体抵抗力的测验，就像巴斯德或者盘尼西林的发现，不过我想在此期间可能会错过几个诺贝尔奖。最后，我以撒尿的借口重新从床上爬起来，我把布隆蒂娜放在我的掌心，让她在我的保护之下。她不停地用她的小鼻子触碰着我的掌心，就像带着露珠的吻。

35

第二天我提前很早就赶到了统计部，我有些不安，生怕发生点什么事情会迟到。我必须不带半点假装地羞愧承认，在昨天的亲密接触之后，我有点儿犹豫再次见到德雷福斯小姐。我使劲地回想昨天我们之间说过的话，不过这些交流都是以一种微妙而心照不宣的方式进行的。

我在五卷本的《抵抗运动史》中读到，在爱情河这条宽阔的大河下面还潜藏着一条神秘而复杂的暗流，只需找到一个薄弱环节便可加入进去，从而让不可能这个词不再是法国式的。正是有薄弱环节的存在，才有人们所说的神圣的星星之火，这种表达方式中蕴含着一种伟大的正义，总之只有在这个词中才有真正的正义存在。那些被人们称作“抵抗分子”的人，从小心翼翼想尽各种办法隐蔽自己的状态中走出来，悄悄地聚集在一起，照亮了所有伟大而美丽的事物。这些给人们带来光亮的人都是同一个种类的。我强调同一种类，聪明人一下就能看明白。我不是一个纵火的人，我说的是热量，而今天神圣的星星之火主要是用来暖手的。

这天，从统计部那台专门用来传输利润数据的电报机上传来了一则好消息，随着一个新人手的诞生——就是人们经常说的“农业缺乏人手”中的人手——法国，仅仅是法国的新生儿已经达到了三十万！多少个幸福家庭的母亲在为此高兴啊！我马上发现就连我的IBM也很高兴，在它的键盘上甚至有一个微笑键，这个键可不能少，它对计算机太重要了。三十万从尿路诞生的新生命，这就意味着新的国民总收入啊。不过对我来说，喝杯咖啡庆祝一下就够了。我可没把自己当耶稣，再说，这些个该死的充分就业，扩大需求，缺乏人手的农业，虚假的新生命，鼓励养殖法国奶牛，我们的精子银行与中国的竞争，这些都不关我的事，即使是诞生的问题也不关耶稣的事。

在咖啡馆里，我勇敢地翻开了报纸，在这则新闻中我读到目前的健康部长让·福娃耶在民主论坛上表示坚决反对堕胎。他声称，根据我的引述：“我的立场坚定，决不动摇。”我很高兴，我也从头到脚地反对堕胎。我支持每个人从头到脚的完整性，我支持出生权。我也绝不会动摇；我也希望是其他的人先动摇；我也更在乎个人的舒适和整洁；我也洗手。

报纸上甚至还有一个版面专门刊登艺术和文艺界的抗议消息，要么为了得到教会的安慰，要么出于尚未被觉察的目的。尚未被觉察的目的给了他们极大的鼓舞，这看起来有点虚张声势，不过我很赞成，这样更有利于让·穆林和皮埃尔·布罗索莱特把自己隐蔽起来。人们不会因为这个去搜寻他们。

想到这一点，杯子里的意式特浓咖啡的味道似乎都更够味了，因为这是货真价实的意式咖啡。

36

我正安稳地支着手肘朝吧台的另一头看去，想看看有谁坐在同一张吧台上，进入我视野的竟是那个办公室里的哥们，在茫茫众“牲”中撞见了他可真是巧合啊！他是个典型的法国式身体结实的小个子，眼里混着快活和爱开玩笑的神情，不过倒没有什么坏心眼儿。在靠近饮水槽的吧台一边，他也正支着手肘喝咖啡，连眼睛都没有斜一下。就是说他如果斜一下眼就能看见我。我朝他微微示意了一下，不过他一点反应都没有，甚至连句你好都没说。我的心一下子冰凉冰凉的，就像做了心脏移植手术后出现排异反应一样。当然，心脏移植手术跟这事毫不相干，不过感受是一样的，这之间绝对有共同点。他撑着手肘，一边吃着煮鸡蛋，一边喝着咖啡，除此之外没有其他东西。他的眼里露出满意的神情，不过令他满意的是咖啡，不是我。有些人面对一杯再平凡不过的咖啡竟能表现出如此的喜爱、满足和友好，简直不可思议。接着，出于一种预感驱使，他朝我说话了，他是一个相信可以通过双手把握机会的人，我想说的是，他相信机会可以通过双手来创造。

“昨天我想你来着。”

就这么直接的表白。

“我给你带来了点东西，给……”

他从口袋里掏出简简单单的一张提前印制好的单子递给我。

“把这个记在心里。这个将会对你有好处。别去想这事可不可能，就当它不存在。”

他扔下一法郎，双手插兜，步子坚定地离开了，一副老子谁都不怕的样子，径直朝门口走去。这类型的家伙总是知道门在哪儿。他的举动刺激了我，让我感到不安，好像真该做点什么一样。

我看了看他递给我的单子，是油印的，印得很糟糕，我真该戴上眼镜看。单子上的标题写着：怎样在家中用生活必需品制造炸弹……

我感觉自己的心脏就要停止跳动了，一般的人都会这么想。如果酒吧里有便衣盯上了我该怎么办？快！我立即撕掉了传单。我感到眼前升起一团迷雾，耀眼的探照灯扫遍我浑身上下每一个角落，早晨六点钟的时候门铃响了，身穿黑色皮衣的人闯了进来。一想到挂在墙上的让·穆林和皮埃尔·布罗索莱特的照片还没有摘下来，探照灯一定会发现他们俩，我晕了过去。虽然我身在吧台边，旁边包围着羊角面包和水煮蛋，但是早晨六点钟的门铃声仍在耳边回响。在我家，恐慌总是由人造成的，就像在智利发生的政变，阿尔及利亚的酷刑，巴以冲突和越南的和平。紧接着恐慌从内部被镇压下去，然后一切都是那么地平静。人们还未充分注意到，这种可耻的恐惧其实是在充分认识当前生存环境和将产生的后果之后所产生的一种头脑清晰的状态。心理上的混乱正好反映了判断的正确与周围一切事物的状态。为了能够降临人世，应该鼓励早熟儿的焦虑情绪。人是带着恐惧出生的，这一点众人皆知。

就在我打算供出我在家里养了一条犹太蟒蛇的时候，我很快重新让自己镇定了下来。我以一个地下工作者的成熟老练重新控制住了自己，以继续在法国生存下去。我不露声色地喝完了咖啡，甚至又要了一杯，这是为了表明我没有任何想要逃走的企图。我通读了整个法国国内的抵抗运动部分，不过这一次情况不同了：他们不再在瓦莱里安高地枪决地下党。

我擦掉了滴在吧台上的汗，以我的英国人式的冷静继续抽着烟斗。就连办公室的哥们也要对我另眼相待。当他以他那习惯性的眼神看着我的时候，他似乎就已经知道了，甚至连我打的结都引起了他的注意。如果人们失去了在自己家里做主的权利，那还了得……

对于那些没有任何办法进行防御的人和那些因为拒绝承认身份而被四处围捕的人来说，潜伏是唯一的办法。在这种情形下，为了求安心，暂时穿上纳粹的制服是迫不得已的，不过在这种情形下我只接受来自左派的领导。我只能接受有生产地保证的产品，否则我就没有安全感。产地标志是一种至关重要的东西，它让人安心，因为通过它你能知道是谁经手了这件东西。幸运的是，目前已经没有了真正的法西斯分子的威胁，因为没有了法西斯一切都很好。我知道一件纳粹制服也许比地下党身份更能隐藏好自己，不过现在我需要做的是写一本关于蟒蛇的书，通过个人的观察和经验，我非常肯定蟒蛇们梦想着完全不一样的东西，因为它们早已知道了结局，那就是它们的皮将会被做成靴子、盾牌、皮带，以及早上六点破门而入的皮大衣。我把家里所有可能的藏身之地整理了一遍，因为对于生活在一个千万人口的大城市里的蟒蛇来说，居住条件是第一重要的。当我出门去办公室上班或者去找那些好心的妓女的时候，我大可放心，因为生活在巴黎的人们都没有时间，他们生存环境中的交通问题太严重了。

37

最后我装作若无其事的样子走出了咖啡馆，正碰上九点准时赶来上班的德雷福斯小姐。她一边走进电梯一边递给我一个特别美的笑脸。我备受感动，两个相爱的人经过第一次亲密接触之后，再次见面的时候总会有一点尴尬，这种紧张的心情是可以理解的，这是一种心理作用。我甚至还不知道她的父母在不在巴黎，他们是否知情。不过在有些事情上还是腼腆一点为好，有些事情是不需要说出来的。我们已经从别人的脚下收集了太多的被踩灭的烟蒂。

“早上好！您上周六的招待真是太热情了。”

这句话让我特别舒服，我要把握住同乘电梯的机会迈出关键的一步。

“您偶尔去看看电影吗？”我问。

就这么很轻松地说出了口，这句话在五个人的电梯里好像扔下了一颗炸弹，不过，实际上是在我的内心里扔下了炸弹。因为其他人都好像什么都没有听到似的，他们不明白我是在用一种很随意的方式邀请德雷福斯小姐看电影。

“我很少看电影。当我晚上回到家里，总是感觉很累……周日，我在家休息。”

她这么说同样是为了让我明白，为了我，她已经是破例了。另外，她还让我明白，她是一个顾家而不愿意在外面闲逛的女人，她会在家做饭，照顾孩子，等着我下班回家。

正当我准备直截了当地问她愿不愿意周末一同外出的时候，电梯到了。我们俩一起走到了楼梯间，她在走向自己的办公室之前对我说：

“您的生活一定很孤单。”

这事儿已经好比是囊中取物了。在楼梯间里我们看得最清楚不过。

“一个跟蟒蛇生活在一起的人一定是孤零零的一个人……好吧，也许有一天，我会去的。”

我呆呆地站在她浑身散发出来的香水味儿中。她离开之后又冲我咧开嘴微笑了一下，这个微笑和香水味儿一起在楼梯间里停留了好长一段时间。当我赶到我的IBM前坐下时已经迟到了一刻钟，我一定是在她留在楼梯间里的微笑中伫立了足足一刻钟。

我感到事情一件一件地进展得很迅速，我决定买一束花给她一个惊喜。我决定改变之前每天都在一层电梯前等她的做法，这次我要在走出电梯的楼梯间里等她。当她在电梯里没有见到我的时候，一定会担心，一定会想我发生什么事情了，我是不是生病了。然后，砰！她一出电梯就撞见了正在等她的我，手捧鲜花，向她深情表白，就像我俩正坐在卢森堡公园里开满花的栗子树下的长凳上一样。

38

我度过了一个心情愉快的夜晚。我在内心里随着唱诗班一起歌唱，他们一个个都穿着传统的民间服饰，今天是个喜庆的日子，所有的位子都坐满了，我在黑暗中微笑着鼓掌，偶尔也会走出来向人们打招呼。为了不让紫罗兰提前枯萎，我把花束插在了一瓶水里。一个女人的出现竟然能够在内心掀起如此大的波澜，真是不可思议啊！

考虑到等得不耐烦的德雷福斯小姐可能会早到，我八点四十五便站在了楼梯间里。我站在电梯门前，一手随时准备打开电梯门，一手捧着一束紫罗兰。

九点了，九点过五分了，什么都没有。其他的职员都陆陆续续地到了，为了不显得低人一等，我只得停止为他们开电梯门。

九点一刻。

九点二十。

德雷福斯小姐还是没有来。

不过，我没有退缩。我要坚持，决不后退半步，尽管身边传来一阵阵嘲笑，我依然手捧鲜花，感觉良好。

九点二十五分，德雷福斯小姐还是没有来。我浑身发热直冒冷汗，我开始纠结起来。接着，我突然灵光一现，德雷福斯小姐应该正在一层的电梯门前等着我呢，因为平常我们总是一起乘电梯，因为今天没看到我，她一定一直在楼下等着我。我不假思索地从九楼一直冲到了一楼，可是，她也不在那里。该死的电梯刚刚上去，它抛弃了我，我只得又三步并两步地爬回九楼，可是太迟了，楼梯间一个人也没有，电梯又下去了。我想这其中一定是有误会，我开始害怕起来。德雷福斯小姐也许会认为我放了她的鸽子，也许她会认为她是个黑人姑娘，所以我在最后一刻改变了主意。想到这一点，我的内心遭受了沉重打击，我不得不在楼梯的台阶上坐下来，把插在水瓶里的紫罗兰放在身旁。这太可怕了，我脑子里只在想一件事：生下几个黑色皮肤的孩子，这样，我、德雷福斯小姐和“大亲热”，就能齐心协力组成一个家庭了。种族主义对我来说是一件完全不可理喻的事情，为此我做好了一切准备。我必须不惜一切代价结束这场误会。德雷福斯小姐现在一定孤单而委屈地坐在办公室里。

我片刻都没犹豫，立即捧起我的装在水瓶里的紫罗兰，挨个办公室地找德雷福斯小姐，甚至都顾不上看门上写的名字，也不顾那些人笑话我。我像条死狗一样地走开了，不过不论是死狗还是砍了头的狗，人们都忘记了它剩下的部分。我推开门，走进去，甚至连句你好都不说，到了这个时候，我豁出去了。我甚至捧着花走进了主任的办公室。

“库森，您出什么事了？”

刚才楼梯上的一路小跑再加上一路上遭受的嫌弃，令我还没喘过气来，一下子说不出话来回答他。

“您给我送紫罗兰，现在？”

“噢不！他妈的！”我甚至都不带哆嗦地冲他说出了一句压在心底的话，因为这时的我简直拥有了攻下巴士底狱的力量，“我在找一个朋友，德雷福斯小姐。”

“这些花是给她的？”

“无可奉告。”

我才不在乎呢。我感受到了一股巨大的恐惧，以至于我都不再害怕了，我知道自己这是在拿着未来的前途冒险。不过我一点儿危险都不会有，因为如果没有两个人在一起就没有未来。一个人的未来就是两个人的未来，这是最基本的，在摇篮里的时候就知道了。我可不想 个人郁闷地过 辈子，那样的话我真的就危险了。他妈的婊子养的，你们要再敢来烦我，我就回家用生活必需品搞炸弹。

“冷静点，老兄。”

冷静，这就是这帮混账东西们需要的。去你妈的冷静吧，给我闭嘴，我咒你们全家死光。

不过，最后还是文明拯救了我。

“请原谅，主任先生，我走错办公室了，我在找我的同事德雷福斯小姐。”我说。

我转身向门口走去。

“德雷福斯小姐已经不在这里工作了。她已经离开我们了。”

我的手停留在了门把手上。

“什么时候？”

“唔，她已经预先通知了我，您不知道吗？”

门被卡住了。也可能是我被卡住了。不管怎样，某样东西被卡住了。我无法转动门把手。这是那种圆的铜做的把手，很滑，使不上劲。

我想尽办法左拧右拧，可是好像这东西从里面完全被卡住了，纠结在了一起。我扭出了比平常更多的结，可还是无法打开门。

我感到了主任放在我肩膀上的手。

“好啦，好啦！看把您急的……冷静点。这么说你们相爱了？”

“我们快要结婚了。”

“她没有提前告诉您她要走吗？”

“当我们有太多话要说的时候，有些小细节就忘记说了。”

“不过，她辞掉了工作要回卡宴（法属圭亚那首府——译注），她怎么能不告诉您呢？”

“请原谅，主任先生，不过这个卡住了，我打不开门。”

“让我来吧，只要一扭就可以了。”

“我想我们老祖宗的那种直手柄式的把手可能更简单更好用

一些。这个烂把手，使不上劲。”

主任的手仍然放在我的肩膀上。

“是的，我明白，这个……我们确实使不上劲。您也许是对的。”

“这玩意设计得真差劲，真操蛋，主任先生，如果您愿意听我的意见。”

“完全是这样的。”

“主任先生，这真是太恶心了，完全无法容忍，我是个想到什么就说什么的人，我可以向您保证。”

“当然，当然，不过这不是个理由，库森，拿着我的手帕试试。”

“这玩意在手里打滑，一点用没有，真够烂的。”

“真够……”

“够烂！够烂！主任先生，烂到了骨头里。当然，要是我们再使劲点拧，要是我们一直这么拧下去……不过我想这些门应该是很容易打开的。”

“您说得有道理……再试试。这种事情总是会发生，您已经很好地意识到了。有些电动门，只要把脚迈出去，它就会自动打开。”

“只要把脚迈出去，这真是太简单了。”

“我需要安一个这样的门。”

“不过这可不是在我自己家，主任先生，请原谅，这可不是我的计划。”

“不，完全不是这样，库森，正好相反，我想让您知道，这里就是您的家，我想让您感受到这一点，让您意识到这一点，而且想让你告诉其他所有的人。这就是参与，库森，伟大的参与精神。这是您的组织，您的公司，您的家。”

“谢谢您，主任先生。不是我不是在自己家里，这不是我的错。刚才我说的那些关于门和门把手的话确实太过分了。我请您相信这些话绝对不是针对您个人的。”

“我亲爱的库森，您正在为感情问题所困，倒是我要请您相信，我对此充满同情，因为我们是一个大家庭。”

“我明白您的好意，主任先生，我正在准备为此写一本书。”

“太好了！祝您早日写完！对了，听说您养了一条蟒蛇？”

“是的。它有两米二长。”

“它还会继续长长吗？”

“不，我想它已经长到最长了。它已经占据了所有我可以提供给它的空间。”

“每天都跟一条爬行动物生活在一起不是很方便吧。”

“到目前为止，它还没有向我提出过这个问题，主任先生。借此机会我要感谢您对我的同情和一片好心。我的书里绝对不会漏掉这一段。”

“不必客气，我亲爱的库森，不用感谢我。我只想再重复一遍，我们是一个大家庭。我很高兴我的同事能来我的办公室与我交谈。我特别重视团队精神。没有比这更美好的了。好吧，希望再次见到您，再见。别再想着这件事了。我也许会安一扇电动开瓶器，不，是电动门。生活需要改善，本来生活已经够复杂了。替我向您的家人问好。”

我终于走了出来，我径直走向人事部去打听德雷福斯小姐的地址，然后赶往地铁站。人们看到我捧着插在水瓶子里的花束朝我微笑，我不想让花儿提前凋谢。我爬上了罗伊-勒伯街五层楼上的公寓，没有电梯，所以我什么都不会漏掉。但是没有人。我去问门房是否有留给我的口信，她在我的鼻尖前把门关上了。我回到办公室，面对着那些等待着处理的数据，一直待到下午七点，我觉得很难受，因为我以一种令人眩晕的速度回到了零。我把紫罗兰放在桌子前面。我甚至对没有人性的IBM产生了同情。七点半的时候我又回到德雷福斯小姐住处的门前，不过她还没有回家。我坐在楼梯上手捧紫罗兰一直待到了晚上十一点。

快到十一点的时候，绝望占据了我，这种感受很少发生在我身上，因为我一点都不挑剔，也没有什么奢侈的要求。事实上，我拥有的太多太多，几乎要从瓶子里溢出来。人生就是这样。我再次体会到了这种打破了各项纪录的熟悉的感觉，这种食物供应不足和情感饥荒，经常会光顾那些坐在黑暗的楼道里，手里捧着装在水瓶子里的紫罗兰的人们。她一定没走。她不能这么不告别就回到卡宴去。十一点十分，还是没人。我仍然坐在黑暗的楼梯上，决定再等最后的十五分钟，不论怎样，必须要坚持。

39

在十一点半的时候，我特别需要一点爱和温柔，于是我去了那些好心的妓女那里。我本想找长着两条长胳膊的格蕾塔，但是我记起来她已经转去公寓工作了。不过那里有一个高个子的金发姑娘，各方面都不如其他的姑娘们好，我想出于对我的感激，她一定会对我格外温柔一点。我们来到了街角的自由职业旅馆。

这个好心的妓女告诉我她叫尼内特，我告诉她我叫罗朗，我随口说出了这么一个名字。她马上让我放松下来。

“坐到浴盆旁边来，亲爱的，我给你洗屁股。”

总是老一套。我不情愿地坐在坐浴盆边。别以为这些物体都跟不存在似的，我对它们怀着一种基督徒式的情怀。我光着下身穿着袜子坐在那里，我在想象着一个坐浴盆的人生，那是怎样的人生。

好心的妓女跪在我面前，手里拿着香皂。

我想起了那个我认识的从前有一座房子的老太太，她告诉我在她那个时代，年轻的姑娘们只为客人们洗前面，从来不洗后面。不过现在，社会风尚变得越来越讲究，生活水平提高了，由于广告的宣传，现在的人们知道什么是好东西；由于大量财富被分享，人们知道哪块肉最棒，哪片海滩最好。

“如果你想要我为你做玫瑰叶子的话，待会你就舒服了。”她一边说一边把香皂涂在我的屁股上。

“我一点都不喜欢。”我对她说。

“人们以前不知道，有时候你会心血来潮，这时候再起来去洗屁股的话多扫兴致啊。”

“别把手指捅进去，我讨厌这个，还有香皂，他妈的，让我的屁股烧得慌。”

“只要有爱情，我们什么都能做，条件是先洗干净。别拿着你的紫罗兰坐在浴盆上，把它放在这儿吧。是给我的吗？”

“不是。”

她蹲在我面前精心打理了一番。这真是个可怕的误会。

“亲爱的，你该把袜子脱了，这样更好看一些。你是做什么的？”

“我养了一条蟒蛇。”

“什么？”

我没有回答。有些角落不能让她发现。

“好了，这样你就干干净净的了。去躺下吧。”

她将一条海绵毛巾铺在床上，在我身边躺下，开始吮吸我的乳头。

露易丝小姐告诉过我，在不收费的男女关系中，老实的女人绝不会为她们的男人吮吸乳头，因为那会让他们发狂。但是在付费的关系中，这个项目一直都有。

“你喜欢这样吗？”

“喜欢。听着，尼内特，给我一个大亲热吧。”

“你需要点温柔？”

“是的，当然，干吗还要问？”

她用手臂抱住了我，我一下子瘫倒在她的怀里，她的手臂很长，我感觉很好。

“我有一个客人也像你这样。我需要把他抱在怀里，摇着他，对他轻轻地说‘睡吧宝贝，妈妈陪着你’，然后他就在床上尿尿，他很满意。”

“噢不，他妈的。”我说。

我还是更愿意跟“大亲热”待在一起。

“干吗？你怎么啦？”

我从床上爬起来。

“你做事用点心好不好！他妈的！”我朝她大声吼道。

“用点心？”

“光给一个家伙洗屁股是不够的！”我接着朝她吼，“你的香皂抹得太多了！烧得慌！”

“香皂不会伤害你的。”

“它也不会给我带来任何好处！”

我穿上了裤子。

“你不做爱了吗？”

“你知道妓院从前在法国被叫做什么吗？那时候人们把妓院叫做‘梦想之家’！我不要你给我的屁股抹肥皂！你谈论点梦想吧！你要听听我说吗？你没能履行好合同！”

她也爬了起来。

“你简直是无理取闹！我们必须给客人洗屁股，要不就会染上寄生虫，不管哪个医生都会告诉你这个。我很愿意给客人舔屁股，不过必须是干净的。我们可不是野蛮人。”

我已经走出了房间，不过我还得回去，因为我忘记了拿上装在水瓶子里的紫罗兰。当然，我也可以把它留在那里任它凋谢，然后再去买一束送给德雷福斯小姐，不过我很舍不得这一束，因为我们已经共同生活在了一起。

40

我离开后迅速地跑回罗伊-勒伯街，看看德雷福斯小姐有没有回家，不过还是没有人。我想把紫罗兰留在她的门前，可是我已无法与这束紫罗兰分开了，这是我和德雷福斯小姐之间最后的一点联系，我带着它走回了家。我走在伟大巴黎的街道上，系着我的围巾，戴着我的帽子，穿着我的外套，捧着我的水瓶，绝望的勇气让我感觉好了一点。现在我有点儿后悔没有跟那个好心的妓女做爱——我再重复最后一遍，否则我要生气了，我取的是这个词最尊贵最幸福的含义——因为我感觉自己内心有一种美国式的过剩，这是由某种空缺和零状态导致的，只有温柔和温柔的拥抱才能解救我。因为当我们触到零的时候，我们就会感觉越来越多，而不是越来越少。我们需要的越少，过量的就越多。最小的数字的特征就是有着过剩的一面。只要我们感觉到越来越少，就马上会有为了什么和为什么活着的问题，就会有超重的问题。我们试图用海绵把过剩的东西吸干。正因为有空缺，才会有人们称之为灵魂清单的东西。那些好心的妓女当然能提供熟悉的援助，不过我们之间的一切都是在无声和轻视中进行的，为了避免付更多的钱。不过我认为生活是无价的，就是这样，生活是昂贵的。

我回想起来格蕾塔去一位女士的公寓里工作了，那里可以招待客人一直到凌晨一点。在我的钱包里有她们的地址：阿斯特丽德家，阿福花街十一号，巴黎十四区。我在她们楼对面的酒吧里喝了一杯咖啡，打算一直撑到一点差十分，因为这个时刻就不用再等待了，她们以为该收工了，结果还有客人来，这是给她们的惊喜。我在还差十二分钟的时候上了楼，我按响了门铃。一个女仆为我打开了门，她后面站着一位满脸笑容的美丽的女士。

“您好，夫人，我想找格蕾塔。”

“格蕾塔今天不上班。不过我这儿还有三位年轻迷人的女士，进来吧，我让您看看她们。”

我走进一间摆满家具和各种古董小玩意儿的客厅，在一张软绵绵的沙发上坐了下来。面对选择我十分尴尬，因为我不想表现出喜欢一个姑娘胜过另一个的样子，因为她们有女性的尊严，我不想伤害她们。我正准备热情地留下第一个姑娘，可是那位女士打断了我。

“等等，还有两个。必须三个都见完，这是这里的规矩。您知道的，人人机会平等。”

第二个是一个各方面都不错的越南姑娘，不过出于对越南的恐惧，我迟疑了。在这种条件下真是很难尽如人意。

“还有一个黑人姑娘。”这个女人说，她让德雷福斯小姐走了进来。

我以一种难以描述的方式写下了“她让德雷福斯小姐走了进来”这句话，我心中澎湃的洪水已经超出了表达范围，实际上我无法描绘出德雷福斯小姐走进客厅时带给我的出乎意料的感觉。我被某种幸福占据着。她没有回卡宴，突然间一切又变得有可能有希望，变得可爱起来，我们最终得以用最简单的方式走到了一起。我最终在窑子里找到了真爱。

她穿着长筒靴和黑色迷你皮裙。

她站在我跟前，我必须非常努力才能保持一副若无其事的样子，好不给她造成我不相信仙女童话的印象。

她就在这儿，这正是她。这不是一个仙女童话。她没有带着她那来自小岛上的乡音回到卡宴去。她只是换了份工作而已。

我太高兴了，紧紧地把帽子握在胸口。从我兴奋的神情和满脸的冷汗中，鸨母——这是我对她的尊称——看出了我的心思。

“我想您已经挑中了。这边来吧。”

一想到带着甜美乡音的德雷福斯小姐没有回卡宴，以及一切美好的事物都有好结局，我幸福得两腿发抖。

不过我也同样担心得要命，生怕自己无法表现出最轻松的惊讶，生怕无法将心底里强烈而失控的尖叫优雅地发出来。因为德雷福斯小姐一定会以为在妓院里见到她会令我很惊讶，为了不伤害她，我必须充满自信。

“人们不能同时既是法官又是当事人。”我巧妙地对她说。

她走在我前面没有听到。我们一同走进了一间非常舒服的房间，房间没有窗户，只有一张大床，墙上的镜子里可以看到我们所做的事情。德雷福斯小姐亲密地关上了门，她双臂搂着我的脖子，用小腹紧贴着我，冲着我微笑。

“谁告诉你我在这儿工作的？”

“没人告诉我，我运气很好，就是这样，真巧。给您——给你——”

我用“你”称呼她，这样更自然一点。

“给你。”

我递给她紫罗兰。因为走路和情绪激动的原因，瓶子里的水已经所剩无几了。

“看，你应该早就知道在哪儿能找到我，因为你还给我带了花。”

“在办公室里出了点小情况，他们告诉我你回卡宴了。”

她脱掉了衣服，一点儿尴尬都没有，就好像我们互相不认识。

可我还不敢脱掉裤子。我认为事情搞反了。人们应该在一切结束之后再脱裤子。我要告诉你们，事情搞反了。

“回卡宴。”我又重复了一遍，我想向她显示我没有丧失头脑，我知道我在哪儿。

她在坐浴盆上坐下，出于害羞她背过身去。

“是的，我是这么对他们说的。这样更简单。以前我只有下班的时候来这里，可是第二天早上九点又要赶到办公室，太紧张了。我已经烦透了办公室，那份工作太没收获了。当我晚上来到这里，整个人都散架了，我的整个夜晚都被毁掉了。办公室，那些机器，总是按同样的按钮，一点人情味儿都没有。这里的工作也许没有那么受尊重，不过有生气多了，还经常有变化。这个工作更加社会化，能有更多人的接触，更加个性化。我可以真正参与到某件事情当中，你明白我的意思吗？我制造快乐，我能感到自己的存在。请原谅我的表达方式，屁股要比计算机有活力多了。我们有真正的接触。有些人来的时候像块石头一样不幸，当他离开的时候感觉好了很多。再说，如果我们不用钱买爱情的话，爱情就失去了它的很多价值，钱也失去了它的很多价值，我向你保证，这对你的票子肯定有好处，钱需要这么花。你花一百五十法郎干一个漂亮姑娘，你这一百五十法郎就更有面子了，这些钱马上有了不一样的价值。至少你能知道钱到底意味着什么，钱不再什么都不是。”

她站起来，像在家一样用毛巾擦了擦。我顿时感到不再有障碍了，我立刻感觉到我们是同一类人，于是我也脱掉了衣服。

我摸着她的乳房说：“你真美，我的女神。”

她也摸着我微笑着说：“噢，是吗？”

我感觉到在她的鼓励之下我鼓胀了起来。

同时，我还感觉到所有的数字都鼓胀了起来，我想到了全国医师委员会，以及关于他们支持堕胎所向所有人开放的通告。不过这些人都是有地位有产地保证的，他们不会来这种亲民价格的地方。

她把手放在我神圣的生命之源上犹豫了片刻。

“你为什么跟一条蟒蛇生活在一起？”

“我们有缘分。”

“什么是缘分？”

“缘分就是缘和分两个字，缘分是可遇不可求。字典里有，不过不能相信字典里的意思，字典里的解释都是为了你能买它而写的。缘分这东西我无法拒绝。我也不知道它到底意味着什么，这就是为什么我把缘分看作不一样的东西。我会有意地忽略一些词语的意思，因为这样至少还能保留一点希望。当我们不懂的时候，也许就有可能性存在，这是我的哲学。我总是在我的身边找些我不熟悉的词语，因为至少我知道这些词语在说不一样的东西。”

她仍然把手放在我那不停胀大的可能性上。

“你真是个诗人。”她说这话完全没有恶意。

她接着说道：“来吧，我帮你洗屁股。”

我不想跟其他人不同，我像其他人那样在坐浴盆上坐下。

她弯下腰，在我神圣的生命之源上洒了一点水。

然后跪在圣物前面开始给我洗屁股。

我数了数在这个领域我接受过的所有服务，我应该拥有世界上最干净的屁股。

“您知道，我不要求您做这个，”我看着她说，“为了把我们之间的关系提高一个档次。”

她说：“到处都干干净净的更文明些。”

“很多人都要求这个吗？”

“很多。目前很流行。人人都想解放自己，所有的女性杂志都在宣扬这个。心理分析会告诉你不要压制自我。”

“自由照亮了世界，人人都知道。”我说。

“你要知道，一旦洗干净了，我们什么都能做。”

“人们总想着做不可能的事，这才有了玫瑰叶子。”我说。

“另外，帮客人洗干净对我们的尊严也很重要，”她说，“这是一种心理，这样做我们会感觉自己跟富有献身精神的护士或者修女差不多。我本人没有任何问题，我做得很自然。”

我们站起身来。

我拿起毛巾，谢谢，我会自己擦干。

她们会帮你洗干净，但是她们总是让你自己擦干。

她在我身边躺下，开始吮吸我的乳头。

我的屁股里烧得慌，她们没能找到一种合适的香皂，或者是广告做得不到位，我觉得还有很多事情需要做。我如此坚定地说是因为我正是这么想的，我满含热泪地希望广告公司能够推荐一款适合玫瑰叶子的特别温和的香皂，并像卡丹婴儿香皂那样到处张贴它的广告。我想这种广告还没有找到它真正的位子，它忽略了一些销售点。

我悄悄地擦了擦眼睛以掩饰神情。

“给我一个大亲热。”我喃喃地说。

屁股里不那么烧得慌了，时间总会改变一切。

她惊讶地看着我，一开始我以为她看到了我身上的鳞片，不过我对这些习以为常之后便摆脱了这种偏见。

“亲爱的，你为什么哭了？有什么不好的吗？”

“没什么。我很高兴。”

“为什么哭？”

“为所有该哭的。假装给我一个吧。”

她很投入地假装给了我一个大亲热。她用长臂和长腿搂着我，头靠在我的胸脯上，带着教堂式的安慰。她的毛还是湿的，因为毛很多，我想起了早晨温柔的露珠。我的鼻子还在因为被切除了希望继续哭泣。因为有还在隐隐作痛的屁股，我感觉自己跟其他人没有什么不同。我不再自以为跟别人不一样，我就是个大路货，从神圣的通道来到人间。我重新找到了自己的位置，找到了那张通向社会契约和全面就业的票。

我决定第二天就把“大亲热”送回动物园。它是不一样的。我无权再留下它。它才是真正不一样的人。

德雷福斯小姐把左手滑下去体贴地抚摸着我。它一下子大了一倍。

“哇！你真是个棒小伙。”她这句常说的恭维话里带着几分敬意和尊重。

我想起了市政厅附近的那些好心的妓女，“来吧，我让你泻泻火。”另一个说，“亲爱的，你想要我吗？”这些话听起来就露骨和轻浮多了。

即使我家没有生活必需品可以制造炸弹，我也绝不会哭泣。

“抱紧我，亲爱的。”我紧贴着德雷福斯小姐说。

她双臂紧紧地搂着我，在寂静中抚摸着我，时间一点一滴地过去，时间能改变一切。温柔时刻的秒钟比其他任何时刻都跳动得慢。她的脖子就像庇护所和平静的海滩。她浑身都散发着女性的魅力。

“你始终没有告诉我你为什么要在家养蟒蛇？”

“因为很相像。”

“像什么？”

“我想说的是，因为很不同。”

她想了想，不过她们一点半该打烊了，她一路亲吻着一路朝我的另一端爬过去，向我不遗余力地施展照料。

我们重新穿好了衣服。一百五十法郎。

“钱还真是个不可思议的东西，”我心情愉快地对她说，“有了钱一切都很方便，我们见面，我们待在一起，我们再见面。”

“钱是个真实和诚实的好东西，它从不骗人，白底黑字，很自然，从不做作。所以它才会有这么多敌人。”

“自然完蛋了，现在该说环保。”我说。

“差不多。”

人们总是一边穿衣服一边说着话，为的是不那么生硬地结束关系，好像一完事儿就什么话都没得说的样子。

我犹豫了片刻。

“我本想之前就问你的，不过现在我们更熟悉了。您不愿意过来跟我一起生活吗？我会把蟒蛇送到动物园去。”

她脸色变得沉重起来，摇了摇头。

“不，谢谢您的好意，不过我很在乎我的自由。”

“和我在一起您一样还会有自由。自由是神圣的。”

她带着点执拗地说：“不，我的独立是最重要的。我喜欢我的工作，我感到很轻松，我找到了自己的角色，我帮助人们生活。他们在这里得到的帮助比在医院还多。护士们总是只能守在身边。我来这里是因为我喜欢。”

“很有宗教意义。”

“不，我不是妓女，因为我相信有个上帝存在，对他来说，不是。这完全不是因为基督教或者什么之类的观念。我就是喜欢这一行。当我得到报酬时，我知道了自己的价值。又有多少女人得到过真正的报酬，让她们知道自己真正值多少呢？大部分人什么都得不到，她们才是在卖身，在糟蹋自己。她们在白白奉献，好像她们是白送的一样。不，我就是喜欢这一行。”

“您还可以继续来这里，我的要求不多。两个人在一起生活，应该要尊重彼此的个性。我支持两个人的自由。”

“不，真的不，您是个很好的人，不过不行。您可以一直过来看我，这样更方便。如今不要把生活变复杂了。”

她打开了门。我看了一眼放在水池上的紫罗兰，不管怎样它还是枯萎了。

“不要告诉统计部的人，这样更好，”她对我说，“您看到了吧，在公司里做事才会让我感到羞愧，而在这里不会。以后再见吧！”

我走出了房间。

我向老板道别。

“再来看我们。”她说。

我下了楼，走进咖啡馆里，径直走向洗手间，我把自己关在里面，好让思绪稳定下来，松了口气。我需要待在一个四周有墙与周围隔开来的地方，才能知道自己到底在哪。最后我从自我纠结中走了出来，回家去。

我吹着口哨。

我感觉良好。

自然的本性重新还原了。我有点饿了，我走过去把布隆蒂娜从盒子里拿了出来。我张开嘴想吃掉它，正当我要把它放到舌头上的时候，我意识到这只是自然本性在起作用，而我因为周围的环境和生命神圣权利的原因必须抵抗自然本性，我受够了，这已经足够了。我饿极了，我已经把这只老鼠放到了舌头上，我真想把它吞下去，但是他妈的，我无法向自然法则屈服。我把湿淋淋的布隆蒂娜重新放回盒子里。人啊，受够了。

我睡得很糟糕，几次跑去浴室洗屁股，可是无济于事。

自然的声音很可怕，但是我一直坚持到了早上，我把布隆蒂娜送给了拉美西斯的老板娘，很长时间以来，她一直想要一个长着耳朵的温柔的活物。其他所有人都只想着吃。我回到家里，却发现了尼亚特太太给我带来的三只老鼠，我坚持不住了，我一只接一只地把它们都吞下了肚子，之后我在一个角落里蜷成一团，打了个小盹。

41

接下来的某一天早上，无法具体指明是哪一天，我把“大亲热”带到了巴黎驯化园，因为我不再需要它，我现在自我感觉非常好。它毫不在乎地离开了我，爬到一旁缠在一棵树上，就好像以前缠着我一样。我回到家，洗了洗屁股，我感到一阵恐慌，我感到自己不存在，我感到自己变成了一个人，这太荒唐了，你虽然是人，但是你得不停地想着自己存不存在。这是我们的想象力在绕圈子。

到了大概下午三点钟，我感到一阵严重的友情危机，我下楼走进拉美西斯香烟店想看一眼布隆蒂娜，但是盒子是空的，要不是老板娘把它放在了别的地方，要不就是她把它吃了。我回到自己的一居室，我被思念烧得慌。我坐下来开始写各种寻人启事、紧急留言、付费电报，但是我没有把这些发出去，因为我明白在一个偌大的巴黎里蟒蛇们的孤独，以及人们对它们的偏见。每十分钟我都满怀自责地跑去洗屁股。

到了大概下午五点，我明白自己出了问题，我必须找到一件其他的东西，一件靠得住的，没有人类差错的东西，我可是一个坚定的反法西斯主义者。我感到了一股撕心裂肺的需求，必须找到某件不一样的、制造精良的生活必需品，于是我跑进了特丽维亚斯街的一家钟表店。一进门我就相中了一块可以给我做伴的手表，它有着白色的表盘，简单大方，两根指针非常优雅。表盘立即对我送来微笑。钟表店的店主马上又给我推荐了一块“更好”的表。

“这一块表，您甚至都不用上发条，它一整年都走得很准。”

“正好相反，我想要一块需要我的表，如果我忘了上发条，它就会停摆。我需要一块私人的表。”

就像所有习惯思维的人一样，他没听明白我说的话。

“我需要一块没了我就不走的表，就是这块……”

我再次把这块表握在手里，不知为什么，我想到了那束紫罗兰。我很快就喜欢上了它。

我感到这块表在我的手里升温，我松开手，她在冲我微笑。我很容易地就赢得了来自一块表的友好的微笑。我有这种能力。

“这是一块高登牌手表。”店主认真地说。

“多少钱？”

“一百五十法郎。”店主说。这简直是天意，和德雷福斯小姐要的价一模一样。

“这一款没有质保。”店主说完有点儿后悔，他应该想想再说的。

我回到家，跑去洗了一遍屁股，然后手里握着这块小手表蜷缩到床上。只要有一点耐心和一些面包屑，麻雀也会飞到手中来，不过我总不能一辈子都这么在手心里放上面包屑等着麻雀来，再说麻雀总是会飞走的。她有着一个圆圆的面盘，中间有一个小巧的鼻子，两根指针摆出微笑的表情，不过这要随时间而定，谁都不会总是在微笑。当我还是小孩子的时候，每天夜里我都会想象着有一条心爱的大狗会来到卧室里救我，它长着黑色的鼻子，可爱的长耳朵，眼神好像出了错似的像人一样。它每晚都来舔我，可是等我长大以后，它就不再来了。我在想这条狗怎么样了，因为它真的不能没有我。

我把这块表放在手心里待了好几个小时。这是一件充满人性的东西，自然法则对她没有什么约束，她天生就很可靠。有时候我会起来去洗屁股。早上出于良好的愿望和对周围环境的尊重，我已经吃掉了最后一只老鼠。一两天之后，我会忘掉给弗朗希娜上发条，我会故意这么做，为的是让她需要我。我给手表取了个人的名字。

我害怕再回到办公室去，因为我已经出现了明显的征兆，我没有必要的信心装模作样。我本想绝食，不过世界上又不是只有德雷福斯小姐，如果你愿意，其他人还多着呢。不过我还是成功坚持了两天什么都没吃，不过最后自然法则还是起作用了。当尼亚特太太走进来给我喂食的时候，我直起身来接过她手里的盒子，里面有六只老鼠，为了让这个老实人确信我已经接受了自己的性格特点，我立即吃掉了一只老鼠。我不想惹麻烦。

“噢！库森先生！”她发出一声尖叫。

我没有篡改她的话，如果她想叫我库森，就随她好了。

我笑了，我抓住一只老鼠的尾巴拎起来，放进嘴里吃掉了。要讲民主。在一个住着一千万平凡人的大城市里，必须生活得像所有人一样，必须从头到脚地装模作样。

尼亚特肯定完全相信了，因为她跑出去后就再也没回来。

第二天我又重新开始一切功能。我来到统计部，我坐在IBM前，没有人发现我少了什么。在地铁的出口，出于同情我没有手的不方便，车票没有退出给我。它知道我度过了艰难时刻。

我依然很痛苦，在我躺下的时候，因为身边没了两只手，一想到德雷福斯小姐我就感到特别疼，不过有一天我在报纸上读到这是正常的，那些被截掉了一条腿的人，依然会为那条已经不在了的腿感到疼痛，这是由截肢和功能不全造成的缺失感所导致的。我注意到散热器里发出了咕噜咕噜的声音，这令人鼓舞。在法国人民为解放进行斗争的第五天，我开始认识到一个哲理：世界上有这样的人和那样的人，这样的人就是那样的人，但是他们不知道，因为没有更好的。不过这个哲理只是新添了一个结，什么都无法说明。

现在我必须时刻提防以防被人揭发。有时候为了不惊动邻居，我故意大声播放莫扎特的唱片，为的是让他们知道家里有个人，因为他在听莫扎特。在德国人占领时期潜伏在巴黎容易多了，因为那时候有假身份证。

我在内心深处跟让·穆林和皮埃尔·布罗索莱特进行了一次长谈，我对他们说我无法再把他们藏在家里。我告诉他们必须要狡猾狡猾的、装模作样的。他们很能明白我的话，其中一位是因为在加律尔的遭遇，另一位则是因为没坐电梯的五层楼。于是我把两张照片从墙上取下来，机智地烧掉了，因为这样他们能够更隐蔽地藏起来，风险小多了，幸运的是在我的内心还有很多空间。没有什么比潜伏更好了。我向他们保证每天都会给他们送最好的食物，我甚至还会给他们的手电筒补充电池，因为人们不能总是生活在黑暗中，需要有希望。

我没有再去妓院找德雷福斯小姐，我不知道能给一个自由独立的年轻女人提供点什么。不过，我不得不承认我经常跑去坐在坐浴盆上洗屁股，因为我们不能不带着点幻想地活着。我一点儿都不想念德雷福斯小姐，除了时时刻刻我都在确认自己没有想她，这是为了灵魂的平静。

我从我的床头表那里得到了满足，我很高兴地发现在我不在的时候，她停止了走时，就像钟表店店主向我保证的那样，尽管她没有质保。我依然相信“2”是“1”唯一可以理解的解释，而剩下的所有数字都缺乏人类的错误。我经常听到楼上苏雷斯教授为大屠杀和人权来回奔忙的脚步声，我觉得他要走下楼来了，可是他一直待在他的家里，待在楼上，为因他的慷慨导致的失眠而痛苦。

在统计部里，一切照旧地运转得很好。我表现出来的人类特征并没有引起注意，我完全不是引人注意的人物。办公室的那哥们已经不在了，他被扫地出门，因为人们最后发现了他。不能说少了他我心中缺了什么，不过我倒是经常想起他，得知再也不会见到他之后，我感觉安全多了。另外，人们发明了外观逼真功能实用不会发红的义肢。我听着办公室的同事谈论着上涨的危机，不过没人听得到，因为这些都被数字掩盖了。

有时候我在半夜里爬起来做锻炼柔韧性的运动，为的是接受未来的生活。我爬行，我打结，我把自己扭起来，在地毯上做着各种姿势的弯曲，以备将来的不时之需。有一些时刻我们特别能感动自己的存在。我说出这些是担心受到警告，我尤其不愿意别人胡思乱想。

除此之外，还有一些微不足道的小事情。一盏灯由于受内部循环的影响慢慢地松动了，它开始不停地眨眼睛。有个人走错了楼层来敲我的门。散热器发出友好和善意的咕噜咕噜声。电话铃响了，里面传来一个很温柔很欢快的女人声音，对我说："是让诺吗？亲爱的，是我。"我没有回答，但是微笑了好久，就让我当一回让诺和亲爱的吧……在一座像巴黎这样的大城市里，人们什么都不会错过。[1]

1 1974年出版的《大亲热》至此结束。

《大亲热》的“原始”结尾

结尾文字的情况说明

《大亲热》于1974年出版时，在编辑的要求下，作者对原文的最后部分做了删节。现将“原始”的结尾分四个篇章附在其后。“原始”的结尾从1974版的最后一章开始，取而代之。

1

接下来的某一天早上，无法具体指明是哪一天，我把“大亲热”带到了巴黎驯化园，因为我不再需要它，我现在自我感觉非常好。它毫不在乎地离开了我，爬到一旁缠在一棵树上，就好像以前缠着我一样。我回到家，洗了洗屁股，我感到一阵恐慌，我感到自己不存在，我感到自己变成了一个人，这太荒唐了，你虽然是人，但是你得不停地想着自己存不存在。这是我们的想象力在绕圈子。

到了大概下午三点钟，我感到一阵严重的友情危机，我下楼走进拉美西斯香烟店想看一眼布隆蒂娜，但是盒子是空的，要不是老板娘把它放在了别的地方，要不就是她把它吃了。我回到自己的一居室，我被思念烧得慌。我坐下来开始写各种寻人启事、紧急留言、付费电报，但是我没有把这些发出去，因为我明白在一个偌大的巴黎里蟒蛇们的孤独，以及人们对它们的偏见。每十分钟我都满怀自责地跑去洗屁股。

到了大概下午五点，我明白自己出了问题，我必须找到一件其他的东西，一件靠得住的，没有人类差错的东西，我可是一个坚定的反法西斯主义者。我感到了一股撕心裂肺的需求，必须找到某件不一样的、制造精良的生活必需品，于是我跑进了特丽维亚斯街的一家钟表店。一进门我就相中了一块可以给我做伴的手表，它有着白色的表盘，简单大方，两根指针非常优雅。表盘立即对我送来微笑。钟表店的店主马上又给我推荐了一块“更好”的表。

“这一块表，您甚至都不用上发条，它一整年都走得很准。”

“正好相反，我想要一块需要我的表，如果我忘了上发条，它就会停摆。我需要一块私人的表。”

就像所有习惯思维的人一样，他没听明白我说的话。

“我需要一块没了我就不走的表，就是这块……”

我再次把这块表握在手里，不知为什么，我想到了那束紫罗兰。我很快就喜欢上了它。

我感到这块表在我的手里升温，我松开手，她在冲我微笑。我很容易地就赢得了来自一块表的友好的微笑。我有这种能力。

“这是一块高登牌手表。”店主认真地说。

“多少钱？”

“一百五十法郎。”店主说。这简直是天意，和德雷福斯小姐要的价一模一样。

“这一款没有质保。”店主说完有点儿后悔，他应该想想再说的。

我回到家，跑去洗了一遍屁股，然后手里握着这块小手表蜷缩到床上。只要有一点耐心和一些面包屑，麻雀也会飞到手中来，不过我总不能一辈子都这么在手心里放上面包屑等着麻雀来，再说麻雀总是会飞走的。她有着一个圆圆的面盘，中间有一个小巧的鼻子，两根指针摆出微笑的表情，不过这要随时间而定，谁都不会总是在微笑。当我还是小孩子的时候，每天夜里我都会想象着有一条心爱的大狗会来到卧室里救我，它长着黑色的鼻子，可爱的长耳朵，眼神好像出了错似的像人一样。它每晚都来舔我，可是等我长大以后，它就不再来了。我在想这条狗怎么样了，因为它真的不能没有我。

我把这块没有生命没有残酷的表放在手心里待了好几个小时。这是一件充满人性的东西，自然法则对她没有什么约束，她天生就很可靠。有时候我会起来去洗屁股。早上出于良好的愿望和对周围环境的尊重，我已经吃掉了最后一只老鼠。一两天之后，我会忘掉给弗朗希娜上发条，我会故意这么做，为的是让她需要我。我给手表取名叫弗朗希娜，因为这是人的名字而且充满女人味。

我害怕再回到办公室去，因为我已经出现了明显的征兆，我没有必要的信心装模作样。我依然很痛苦，在我躺下的时候，因为身边没了两只手，一想到德雷福斯小姐我就感到特别疼，不过有一天我在报纸上读到这是正常的，那些被截掉了一条腿的人，依然会为那条已经不在了的腿感到疼痛，这是由截肢和功能不全造成的缺失感所导致的。我注意到散热器里发出了咕噜咕噜的声音，这令人鼓舞。在法国人民为解放进行斗争的第五天，我开始认识到一个哲理：世界上有这样的人和那样的人，这样的人就是那样的人，但是他们不知道，因为没有更好的。不过这个哲理只是新添了一个结，什么都无法说明。

2

接下来的某一天之后的一天，当我发觉自己已经不在了，悲剧爆发了。我立即开始焦急地寻找起来，但是我没法找到自己。我并没有神志失控，因为有时候我会钻到那些不可能的地方去。我给负责失物招领的机构打电话，不过他们告诉我蟒蛇不归他们负责，蟒蛇归动物保护协会负责。我这才想起来自己去了巴黎驯化园，我把自己留在那里了。我想写一封求助信或者紧急告示，但是我还没有想清楚该怎么写，我不知道这是要提供一份工作，还是要寻人，是一个请求还是什么都不是，我脑子里有这么 种情况但是无法写出来。然而这时自然法则又一次重新起作用了。就在尼亚特太太走进来喂我的时候，我直起身子从她手里拿过纸盒，盒子里有六只老鼠，我马上就吃掉了一只。尼亚特太太发出了一声尖叫，但是我已无力抵抗自然本性，我又吃掉了第二只接着是第三只。我以为尼亚特太太会马上昏过去，不过这一年来她每周都来给我喂食一次，也许是因为这是她第一次看到我站起来。通常当她来的时候，我都是在墙角蜷成一团。于是我迅速地躺到了地上，并且开始在地毯上爬动，以便让她觉得自在一点。她的脸色苍白得可怕，她一步一步一直后退到了墙边，接着她逃了出去。我爬到了床底下，决心不再装模作样，不再让自己与众不同，在一个居住着一千万人的大城市里，必须跟所有人生活得一样。我应该考虑给德雷福斯小姐也送去一只老鼠，不过我心有余而力不足，没有手臂我无法开门。再说，如果我在众目睽睽之下爬着出去，人们绝对不会原谅我这种文化上的倒退和降级行为，更惨的是我甚至还会挨上几棍子。必须要假模假式的，就是与引申意义上的机构和体制以合作的姿态进行心照不宣的串通，因为要假模假式，所以马上会导致因不认识父亲而出现的精神分裂。必须要降低要求从头到脚地装模作样。皮埃尔·布罗索莱特肯定是因为要求太高了，才会从五楼的窗户跳下去。让·穆林太自负了，他真该自己割断喉咙。瓦莱里安高地上满是自负的家伙们。我拒绝像那样被枪毙，我宁愿去智利，那样才是个真正的人。我以签名宣告我是个人，那些鳞片只是因为人类的差错才出现的。这一点不该藏着掖着。接着为了言行一致和不失声誉，我又吃掉了一只老鼠，然后爬到床底下。我要签名参加全国医师协会的第二期研究，为了捍卫由尿路和假模假式的文化带来的生命的神圣权利。我爱国爱法国文化。

不过为了去浴室洗屁股，我又再次爬了出来穿上人形的睡衣。

如果有人来审问我，我会遵守游戏规则。遵守游戏规则就是人类游戏的最大规则。如果他们来了，我不害怕。我会像所有人一样假模假式。只有办公室的哥们才会让我害怕。那个小流氓绝对是个人类的错误，他想经常换换皮肤，他要求太多了。

正当我安静地趴在地毯上的时候，有人来敲门，他甚至都没有摁门铃，因为在感应作用下一切都可能出故障。我敢肯定就是办公室那家伙。我真想爬到厨房里去拿把刀，不过我及时地想到了我没有手臂。小心点，如果被他看到我直立地站着手里拿着钥匙，他肯定会高兴坏了。“啊哈！大亲热！我逮到你了！你不是条蟒蛇，你是我们的同类！跟我们来吧，傻瓜，出来，去斗争！”

为了不出卖自己，我立即在地毯上蜷成一团。外面的人还在敲门，我瞬间产生了一个疯狂的想法：我以为是德雷福斯小姐来给我洗屁股了。

他们有尼亚特太太的钥匙，他们进来了，有两三个人跟她一块。四个。还有两个穿着制服的警察。

我一下子精神了。

一不做二不休，我迅速地打开盒子，抓住一只老鼠吃掉了。

我知道这么做是为了表示咱们是朋友，咱们随大流。我可没有什么远大抱负，我可不想做得不一样。

我甚至一边发出吃得津津有味的声音，一边满意地抚摸着肚子，表现出一副吃得很美，我很感谢他们的样子。

为了表现出我的局限，我没说谢谢。

他们很惊讶，面面相觑。他们没想到是这样。他们以为会发现一个人类的错误，可是他们碰上的是一个公民，是一个懂民主的人。

我得救了。人们不能因为违背自然的行为起诉我。

我还知道了他们为什么会来。是因为办公室的那哥们。他们肯定是看到我们俩在一起了，他们一定在说；“啊哈！他支持不可能，他也是。”

我朝他们使了个眼色好表示咱们是朋友，我抓起一只老鼠吃掉了。他们马上放心了。他们马上明白了我跟他们是一家人。他们变得格外友善起来，一点儿都没有警察的粗鲁，因为没有必要那么做。

不过我还是害怕起来，我忘了把挂在墙上的让·穆林和皮埃尔·布罗索莱特的照片取下来。不过他们没有看见，因为他们根本没有想到。这已经超出了他们的想象。

大家之间气氛友好。他们很清楚我不是那样的人。我必须得说有时候人很难认清自己。很多没有什么存款的人，他们得不到尊敬，他们得面对一切竞争。

只有尼亚特太太很沮丧，她甚至还哭了起来。

“可怜的库森先生！”她一遍又一遍地说。

啊哈！这是个陷阱！

“我的名字叫大亲热，”我严肃地对她说，“我完全不知道您在说什么。”

他们中间有一个穿着白衬衣的样子不错的年轻人，在我上方的床上坐下，他看了一眼门房。

“大亲热？”

“就是那条蟒蛇。”她说着，发自内心地叹了口气。

“就是我。”我挺身而出接过话柄。

年轻人非常友好。

“当然，”他说，“这显而易见，您是一条蟒蛇，所以您吃老鼠，这是自然的。”

“这是自然的，这个词说明了一切。”我说。

我有一点害怕，他友善的样子让我担心起来，他也许是想骗取我的好感。

啊哈！我想到了！他的样子里有几分狡猾。

“这里没有人。”我说。

我轻轻地拍着左腿。接下来是一阵令人担心的安静和内心的尖叫。

坚决不承认。不露声色地做出一副让人放心的人类的样子。如果有必要就去吃屎。如果他们发现了我的内心世界，那里只有扬·帕拉什（1948—1969，捷克年轻学生，1969年1月自焚身亡，以抗议苏联军队入侵捷克，武力结束“布拉格之春”。——译注）的坟墓，放马过来吧。

坚决不承认。皮埃尔·布罗索莱特因为拒绝承认他的身份而从五楼跳了下去。另外一个——为了不出卖他，不方便透露他的姓名——也从五楼跳了下去。他们宁可吃屎也不承认。加布里埃尔·佩里（1902—1941，法国共产党党员，抵抗运动成员。1941年12月在巴黎瓦莱里安高地遭纳粹枪决。——译注）在信被发现之前被枪毙。在灵魂喘气的时候穿上一件肥厚的大衣系上围脖。相信密信，让灵魂喘息，它需要这样。每顿饭都吃老鼠，为了提供必要的保证。

我气定神闲地在地毯上爬着，为了表现出适当的粗俗，还偶尔放个小屁。

“我吃小老鼠、大老鼠和豚鼠为生。我的饮食习惯很正常。”我宣布。

“当然，当然，您一个人生活在这里？”

啊哈！我想到了！这是个陷阱。

“是库森先生在照顾我，”我说，“我已经把他交给了动物园。”

“噢，是吗？我明白。”年轻人友好地说，他的话里确实带着同情。

“准确地说是植物园，”我更正道，因为不放心，为了表现得头脑清醒我更正道，“是植物园，先生，保持清醒的头脑很重要。”

“是的，不过有时候人们往往会被太重要的东西压垮。”他微笑着说。不知为什么，他的一举一动都让我觉得藏着陷阱，从他的目光里可以看出来。

“他跟一条蟒蛇生活在一起，不过有一天他把蟒蛇交给了驯化园……”

我真该杀了她。是的，我会的。

我仅仅说了一句，“她撒谎。”

“我明白了，我明白了，”年轻人说，“她想说您以前跟一位库森先生生活在一起，您把他交给了驯化园。什么时候的事？”

“我不知道，”尼亚特太太说，“住在三楼的人刚刚告诉我的，因为我发现他……噢！上帝啊！可怜的库森先生！他可是连一只苍蝇都不敢伤害的人……”

“由于家庭原因，我上周三已经跟库森先生分居了。”我冷淡地说。

“他非常舍不得它，”尼亚特太太抹着眼泪说，“我从来无法理解一个人怎么能如此地爱一条蟒蛇……”

穿白衬衫的年轻人用不是同一代人的眼光看着我。他们那些二十五岁的人跟我确实有代沟。对待他们需要有耐心，需要给他们时间。他们还没有时间好好吃饭。

这个年轻人给我的印象不错。他没有什么特别之处，不过跟其他人相比还算好。我突然有了一丝毫无理由的希望。我很容易产生好感。他的眼神吸引了我，由于他的女性气质，他有一种很像女人的眼神。我认为自从太阳升起开始，所有事物都是女性化的。

“分居一定非常非常痛苦，不是吗？”年轻人问道。

“我可以向您保证，她对库森非常不好。”我告诉他。

我又低调而自豪地补充道：“他爱我。”

“是啊，这正是我来这里的原因，”他说，“我是驯化园的助理。库森感到特别孤单，他在一天天衰弱下去，真是让人揪心。他需要您。由于受到分居事件的影响，他还没有从打击中缓过来。他特别敏感，他很难被驯化，他需要您。”

我的心脏差点停止了跳动，我说的是引申义的心脏。我甚至感到了一种来自左边肋骨下的希望。

“我认为您应该跟我们走，去驯化园陪伴库森先生一段时间。他患了抑郁症。当人们突然间跟一个心爱的人分开时，肯定会觉得特别特别孤单。”

“显然是这样的，”我说，“他们总共有一千万人，不算公共汽车的话，公共汽车的数量在减少，由于有了打卡机，另外还有汽车的损耗，以及从若维希开始的十五公里长的堵车。我不知道您是否听说了全国医师协会关于由尿路诞生的生命的神圣权利的事情，法国奶牛的存栏数，以及精子银行的扩张。但是那些因为没有什么存款而被忽略，那些在生活中没有任何机会受到尊重的人的数量却多得吓人。我要跟您说的是导致这一切的原因，我是搞统计的。为了这个我把库森托付给了驯化园。他很难协调自己。我希望他会慢慢地适应环境。需要采取一些措施。我要祝贺您。驯化园对于适应环境来说非常重要。需要学会适应。换上与周围环境同样颜色的伪装有利于保护自己。从我个人来说，我准备好了去吃屎，我从不自以为是，我只是想让您注意，我们还没有发制服。我是反法西斯分子，因为警察总该做点什么，这不是所有人一天两天就能代替的。先生，我还想跟您说点别的事情，不过在他不在场的情况下，这件事情不能说。不过请允许我告诉您，我真的不知道您为什么要带警察来，因为我是支持您的，我支持自然法则下事物的秩序。另外……”

趁着尼亚特太太提高声音哭泣的时间，我又迅速地吃掉了一只老鼠，这个贱女人现在爽了。另外我还趁人不注意将两个嫌疑犯藏在了内心深处。

“……好吧，我会遵守规矩的。另外，那个办公室的哥们，我不知道他是谁，我不认识他，有针对他的法律可以治他。我与此事无关，我们之间没有任何联系。他或许已经不存在了，对此我半点都不奇怪。因为要把捆扎的香肠分成一截一截的，只需要有一个小圆环就够了。我庄严地宣布我各个方面都遵纪守法。把库森送到驯化园就是证明。他需要马上适应环境，因为他很失败。尤其不能利用家中的生活必需品让自己与周围环境不协调。不论怎样我都支持博爱，必须尽快把抹布和毛巾混合起来。”

我为自己这番很有说服力的话感动得流泪。助理用脚打起了拍子。

“他需要您的精神支持，”他说，“他现在有点自闭，人们突然间跟一个心爱的人分开通常都会像这样。您会起到很好的作用，您能温暖他。他没有您无法生活，库森先生。”

我瞟了两个警察一眼，他们很清楚我是守法的。我吃老鼠，我没有任何企图。唯一令他们不放心的事情就是我总跑去洗屁股。就连驯化园助理也有些惊讶，尼亚特太太抬起眼睛朝天上看去，其他人跟着我进了浴室，看着我坐在坐浴盆上。不过除此之外，他们对我还好。他们允许我带上一些朋友，我的手表，蓝色盖子的牙膏，一把坏了的雨伞，没有人要它，它只为我而存在。不过当我试图把大衣柜往外拖的时候，他们就不同意了。我很容易对身边的东西产生依恋。出于感情的原因，我还试图带上坐浴盆，不过它已经跟地板连上了。他们告诉我那边有坐浴盆。这是有可能的，不过那不是同一个坐浴盆，当你喜欢上了一个女人时，你无法用另一个女人来取代她。我坚定不移地忠于德雷福斯小姐。有些人不在乎这个，他们对不论哪一个坐浴盆的感情都是一样的，但我是个有梦想的人，为我而存在的东西，其他所有坐浴盆都没法比。

我明目张胆的不法行为让他们很惊讶。他们拿起我的箱子，把我在驯化园逗留期间需要穿的衣服都塞了进去，那些有手有腿带着未来的人形的衣服，yes，给人穿的衣服。为了避免总说“是的”我用英语说yes，不能任由摆布。我开始以为这是战争时期的把戏，为的是让我招供，这种情况曾发生在让·穆林和皮埃尔·布罗索莱特身上，带着手电绳子和针头。不过这次不一样，这次来的更像拿破仑近卫军里的老兵。我这么形容他们，是因为他们对拿破仑很忠诚，另外我想扯开话题以混淆我的踪迹，让他们无法抓住我内心的忠诚。因为这件事情已经变得非常严重，他们居然相信，甚至连警察们都相信。他们手里拿着一件睡衣，一件毫无疑问的人形的睡衣，甚至还拿了显然是给人穿的袜子和短裤。我并不认为这是一种让我招供的挑衅行为。我认为即使没有他们，短裤，袜子，长裤，这些都是先兆，是一种升华。我感到一种新的出生前的焦虑正在滋生，这是由办公室的哥们引起的，找不出更好的人，我浑身发抖。这是一种无法再见面的结局。我赤裸裸地站在他们面前，他们把我看得很清楚，我的鳞片以及其他的，我在他们的眼皮子底下吃掉了该吃的所有东西，但是他们还是在往我的箱子里装东西，考虑到未来的需要，为变形做准备，为了将来出现的征兆和人类的序曲。我生造了人类的序曲这个说法，它带有对陌生的希望和对不一样的事物的信心。我迅速地跑到浴室里，趁着坐浴盆还在的时候，赶紧洗了洗屁股。

这个时候一切都乱七八糟的，一边是衣服，一边是希望。所有缝制的东西上都显现出人来。有衣服，有供填充的模子，有人的形状。我明白了，驯化园是一个让正在痛苦之中的东西变得高兴和外向起来的过渡场所。那个迷失了自我的办公室的哥们肯定也在那里，不过我们要是不迷失自我的话就无法重新找回自我，唯一肯定无法找回自我的方法就是不要知道我们是在什么地方迷失的。

当他们把我的睡衣装进箱子里的时候，毫无疑问这是为将来做准备，我明白了他们是在为我好，我对此毫无意见。我一边搓着手一边心情愉快地跟着他们去了驯化园。

我知道，我知道，我来了：我没有要求让·穆林和皮埃尔·布罗索莱特陪着我。他们已经出生了，不再需要变形。

在驯化园里，我的日子很难熬，因为他们有食物供应上的困难，我无法吃到合适的食物。对此他们很抱歉，因为我是他们接收的第一条蟒蛇。最后，他们找来了一根管子给我喂食，管子的形状跟我的体型差不多，不过更细更短一些。我对它马上产生了友好的感觉，我觉得自己像是它的保护人。这样吃东西比较费力，不过还是得试试，尽管这已是一种违反自然的行为。我要求见“大亲热”，不过主管兽医告诉我他健康状况良好，已经回到我家去了。这位兽医戴着眼镜，中等个子，他对其他物种有一种同情心，他带领学习动物学的学生们来看我，我的稀有性让他们很感兴趣。我很乐意将我的全长展示出来。他们想知道我为什么总是跑去洗屁股，不过在这一点上我绝不会妥协，我拒绝告诉他们，我要保守好秘密。

他非常鼓励我继续正在进行的对一条在巴黎的蟒蛇的观察和记录。不幸的是，几周之后，我不知什么原因感染了性格问题。我无法解释清楚其中的原委，因为这周围计谋重重。我感觉到出于循环再利用的目的，人们企图用我的骨灰让我重生。我一直觉得自己没有手臂也没有腿，兽医已经两三次在我面前提到“一个我爱的人”，他们用一只耗子逗我玩，不过我总想一口吞下它，他妈的，那些个耗子们。护士小姐在我身旁坐下，不过这只是她们的工作。她们想抓住我的手，不过这些小贱人只是想给我治疗。我一直没有手。为了让我招供，他们对我实施了电击。他们给我装了一台可以收到法国广播电视局节目的电视，我想看什么转动一下旋钮就行了。我还是没有手。人类的特征随时都可以回来。

我遭受了一次真正的打击。护士小姐让房间门虚掩着，走廊里有两个大学生在聊天。

“这真是一个有趣的病例，我甚至想说：一个动人的案例。你看到他的笔记本了吗？其中带着的希望真是令人感动啊。任何形式的希望。比如，他写了一个词prologomen[1]，就是把英语的prologue和men两个单词拼在一起，就是人的序曲的意思，总而言之就是人类的序曲……”

“是的，我知道，我差点说了一句蠢话，告诉他这个词应该写成prolégomènes，而且这个词跟新人类的诞生毫无关系。他是个智力迟钝的人道主义者，他内心深处有自己的方式。还好我及时意识到了这一点。我说没错，prologomen，人的序曲。当一个家伙只剩下这么一个表达希望的词……我们对他的了解还远远不够。”

“对，永远不够。”

“这样至少还有希望。”

我无法说出这些话给我带来的影响。什么影响都没有，绝对没有。我甚至觉得我很好，一切都结束了，现在是失望。我一直觉得失望是一种我缺少的东西，一旦我感到失望了，我就会好很多。甚至连吃老鼠或者耗子的问题也不复存在了，我转动了电视的旋钮。我意识到我躲过了一场新的屠杀，我感觉很好，心存感激。

从这一刻开始，我真正地开心起来。我重新获得了手和腿脚，像是在对他们说，“你们这帮流氓听着，现在你们高兴了。看看你们在壮丽的大自然里的杰作，我说的不只是安第斯山上的秃鹰。”不要以为这是一种接受，不过我甚至带着对未来的憧憬开始想念办公室，想念我的IBM以及大巴黎。这对维护他们的面子有好处，至于我的面子，这算不上什么，我已经准备好付出一切代价。我甚至开始抱怨，我把护士叫做“贱人”，这样可以显得更正常一点，这是为了向他们显示我已经可以循环再利用了。

一天早上醒过来的时候，我在自己的皮囊里感觉很好。我看了看四周，我问护士小姐我在这里待了多长时间以及我在这里都干了什么。她说我生病了，因为在巴黎感染了攻击系统的病毒。医生随后被叫了过来，问我饿了没有，想不想吃早饭。我说我真他妈的饿。护士小姐出去了好长一会儿才回来……提着的笼子里装着三只老鼠！

“这是什么玩意儿？”我问道。

“您的早餐。”

我勃然大怒。

“这个能吃吗！你们脑子进水了吗？”

我大声叫唤着，我嚷嚷着被人侮辱了，嚷嚷着我有尊严和社保，他们这样侮辱人太可耻了。

“我们的祖辈们难道就是这样被德国人枪毙的？他妈的！”

我很清楚原因就是如此，可是他们不明白，他们甚至可能没有机会再明白。

我强烈要求园长过来。他们去找来了助理。我稍稍平静了一点，因为这位助理是个典型的办公室的哥们，他和我不是一代人，这些二十五六岁的人啊，我对他们像瘟疫一样避之不及。为了给自己打气，我的叫喊声更响了。我在嚷嚷着司法程序、文明国家和我蒙受的不公对待。

我害怕极了。

二十五岁的助理友善地看着我。这是显而易见的，我甚至想说他冲我友好地微笑，出于无处不在的谅解。这个流氓早就知道了，我向您保证他早就知道。我甚至觉得他和办公室的哥们长得很像，不过这仅仅是出于焦虑的原因。

最后我不再叫唤了。我向他投去灯塔似的召唤，他回应了一个表示放心的手势。他早就知道，他知道这是怎么回事。也许他自己都这么干过。这也许是一个潜伏着的家伙，要日后才能被发现。

我伸了伸胳膊和腿，以显示自己的器官功能正常。我从头到脚准备好了做一个人。我会装模作样的，这毫无妨碍，当然，由于先天残缺，我只有些残肢败腿和剩下的果核，不过为了维护社会的良好风气，他们懂得视而不见。他们懂得不要靠得太近去看，不要直接面对。

“很好，大亲热先生。”他说着还朝我使了个眼色，我敢保证。

我抓住了他的话柄。

“我姓库森，名叫米歇尔[2]。”我对他说，“大亲热是我出于观察的目的养在家里的一条蟒蛇。我已经把它交给了植物园。”

他的脸上一半挂着微笑一半挂着悲伤，因为我们从来不知道在何处开始又在何处结束。

“当然，我们非常明白，库森先生。”他说，“我想等您恢复到自然状态……哦不，我想说的是恢复到正常生活……”

他看着我，不过我一下都没有动弹。

“……待您恢复到正常的生活之后，院方的意思是让您再留院观察几天，等到您的精神状态，不好意思，等您好转稳定之后，您就可以放心地回家去重新开始工作了。”

他双手插在口袋里，表情复杂而充满同情地看着我。

我没说话，我收紧了屁股。我生怕说错话暴露了自己，这种情况经常发生。我还没有掌握他们所有的手段。

“您有胃口吗？”其中的一个或是另一个问我。

“肉还有点生。”我说。

一个正在实习期的大学生——他们有一群人走了进来查看我的恢复情况——走近我，拉开我的衣服，触摸我的皮肤。

我张开嘴想告诉他“从外表上看不出来”，助理马上瞥了我一眼，我及时止住了。我对此一点都不害怕，鳞片长在心里，光凭眼睛是无法看见的。我满怀好意地观察着这个学生。我可是个经验丰富的人。我脑子里突然冒出个想法，他不会就是那天在走廊里说话的那个学生吧。我半闭着眼睛做出一副狡诈的模样。

“序曲这个词是从希腊语里来的，应该写作prolégomènes，人类的序曲跟这个词完全没关系。”我告诉他，“那天我听见您在走廊里说到这个词了。您可以再去翻翻字典。这个词有‘先决条件’的意思。不是吗？”

我一点都没有自命不凡。

他合上我的睡衣，没有鳞片，没有蟒蛇，只有人的皮肤。

“正常。”他说。

我吞下了惊恐的唾沫，不过我还是勇敢地微笑着。

他妈的，我感到一阵报警铃声似的恐慌。不过什么事情都没有。也许只有紧张才是正常的。希望还是有的。

我在寻找着办公室哥们的眼神，当然，他不是办公室那哥们，他是另一个，他手里没有武器，不过他们都是一伙的。

他看出来了，我很肯定，尽管他只是助理。

他清楚地看见了我内心藏着的东西，蜷成一团，长着鳞片，完全被周围的环境吓傻了。

他没有吱声，他甚至出于同情转过身去背对着我。

医生仔细地观察着我。

这个流氓，他想要干什么，想要我吃屎来证明我的身份吗？

我按规则玩起了游戏。

“听着，医生，我不能无限期地待在这里，我不能离开我的工作，我还要支付各种费用呢……”

“社保会给您报销的，放心吧。社保就是为此设立的，社保可不是为狗设立的……我要说的是，不是为蟒蛇！”

“哈哈哈！”我会心地笑出声来。

这可真是欢笑的时刻，不过笑得太多会让人紧张。

“我知道我得了精神性抑郁症，”我说，“不过……”

我在此冒了一个特别大的险。不过在潜伏状态中，为了让他们信服，为了通过考验而不被发现，这样做是必不可少的。必须向他们表示出我有些健康的担忧，我愿意好好配合他们。

“不过我至少没有精神分裂吧？”我问道。

这可不是一般人说出来的话！

助理猛地转身朝向我，充满敬意地看着我。我感到这句话给他造成了非常强烈的影响。这是一个真正的计谋。

兽医——我知道，我知道，不过只有结果才是最重要的——透过他的眼镜转身朝学生们看去。他的努力似乎得到了回报。他马上打消了我的疑虑。

“不，您只是处于崩溃状态而已。在一个像我们身处的这么一个太过进化，太过复杂，太过挑剔的社会里，有些时候人们会丧失自身的调节能力，人们感到无法继续，无法被接纳，无法调节自己……机器开始喘不过气来，吱嘎作响，直到出了毛病……”

我差点开口问道什么机器，不过他说的是引申义，我差点犯了一个人类的错误。

“……拒绝运转……”

我真想跑去洗屁股，不过这不是跟他们谈论我的感情生活的时刻。

戴眼镜的兽医双臂抱在胸前，一副严肃的表情。拿破仑一生都在试图战胜自己，他做到了，他得到了荣誉。

“这是一个社会行为的问题。一个正常的人不会为他的行为举止担心。社会并没有过多的要求，因为社会是宽容的。”

在学生们的尾随之下他走了出去，天知道会怎么样，不要去自找麻烦。助理是最后一个撤走的。

他走到我的窗前，朝我伸出手来。

“握握手吧，大亲热。”他说。

我在犹豫，我非常犹豫。他也许是个假兄弟。在考虑到将来的信任问题时，我又将再一次冒险。

“您很清楚我不能够。”他对我小声说。

他把手放在我的肩膀上，我的眼里噙着泪，对明目张胆的不法行为毫不畏惧。

“还有一件事，”我喃喃地说，“刚才我欺骗了他们，序曲不是prolégomènes而是prologomen，这样才有希望……”

3

他出去了，第二天我得到允许后拿着一张社保单子回了家。我钻到了床底下，把自己蜷缩起来，我睡了二十四个小时，然后我在周围安置了一些必须保证品。我和街区的商贩们聊了很久高价汽油和各项生活成本。我又跟尼亚特太太聊了半天电啊暖气啊煤气啊之类的生活琐事。我有一点点害怕，不过一切都很好。最开始，他们有一点紧张，他们害怕自己也被发现发生了同样的事情，不过他们很快明白了我的行为是遵守游戏规则的，他们感到安全了。我四处奔走，去买面包，买酒，买奶酪，买黄油，我用洪亮而清晰的声音说着“先生们女士们早上好”和“再见，先生们女士们，再接再厉”。不过我避开了去肉店买肉，因为在一段时期内仍需保持警惕。在德国人占领时期潜伏下来容易多了，因为那时有假身份证。我甚至还买了报纸，我在大街上走路撞了两三个人，我对他们说“您不会看着点吗”。就这样我花了一两个小时消除了我的社会行为的疑虑，我认为他们已经开始不再看着我了。在我逗留驯化园期间，随着几百万新生命的到来，人口压力又加大了，没有存款的人们的社会行为以及抵抗各种竞争的呼声仍然没有得到必要的重视。我在杂货店里犯了一个小错误，当店主向我说起价格上涨的时候，我扑哧笑了，我一笑就没法停下来，但是因为店里人很多，没有人听到。不过店主一点都没有注意到，因为他还有别的事情要忙。我在电梯里碰到了管理物业的人，我称赞他对这座楼奉献的悉心照料。我还去了社保机构一趟，那里也一点问题都没有，我拿着我的证明，他们甚至看都没看我一眼。我一直有点担心这多少能看出来，不过一切正常，这就像蜕皮之后人们发现自己还是原来的样子，只是一个适应问题。为了不让邻居们担心，有时候我蓄意大声播放莫扎特的唱片，让他们知道房子里有个人，因为他在听莫扎特。我非常小心，我在外表上处处表现出尊敬。

出于安全考虑，我还做出了一个沉重的决定。我在内心深处跟让·穆林和皮埃尔·布罗索莱特进行了一次长谈，我告诉他们我被送进了收养院，我在那里被监视，失去了与外界的一切联系。另外我得知教堂为捍卫从尿路降生的生命的神圣权利反对堕胎所，因为他们得到了上帝的指示，上帝无处不在但肯定不是教皇，这就是为什么人们不可能在堕胎所里找到上帝。我向他们说明我已经成功地让收养院里的当权者相信了我，他们对我实施了电击，不过我仍然是他们的怀疑对象。我无法再将他们藏在家里，因为现在连我自己都没办法藏起来。那些自称守秩序的人们发出的要求遭到了防御机构的拒绝。我告诉他们必须要狡猾狡猾的、装模作样的。他们很能明白我的话，其中一位是因为在加律尔的遭遇，另一位则是因为没坐电梯的五层楼。于是我把两张照片从墙上取下来，机智地烧掉了，因为这样他们能够更隐蔽地藏起来，风险小多了，幸运的是在我的内心还有很多空间。没有什么比潜伏更好了。我向他们保证每天都会给他们送最好的食物，我甚至还会给他们的手电筒补充电池，因为人们不能总是生活在黑暗中，需要有希望。

我一点儿都不想念德雷福斯小姐，除了时时刻刻我都在确认自己没有想她，这是为了灵魂的平静。我没有再去妓院找德雷福斯小姐，我不知道能给一个自由独立的年轻女人提供点什么。不过，我不得不承认我经常跑去坐在坐浴盆上洗屁股，因为我们不能不带着点幻想地活着。我从我的床头表那里得到了满足，我很高兴地发现在我不在的时候，她停止了走时，就像钟表店店主向我保证的那样，尽管她没有质保。现在有些表不需要任何人就可以自己走时，这种表省去了所有的工序。当我给她上好发条后，我感觉到了她的感激，这是相互的。我依然相信“2”是“1”唯一可以理解的解释，而剩下的所有数字都缺乏人类的错误。我经常听到楼上苏雷斯教授为大屠杀和人权来回奔忙的脚步声，我觉得他要走下楼来了，可是他一直待在他的家里，待在楼上，为因他的慷慨导致的失眠而痛苦。

除此之外，还有一些微不足道的小事情。一盏灯由于受内部循环的影响慢慢地松动了，它开始不停地眨眼睛。有个人走错了楼层来敲我的门。散热器发出友好和善意的咕噜咕噜声。电话铃响了，里面传来一个很温柔很欢快的女人声音，对我说："是让诺吗？亲爱的，是我。"我没有回答，但是微笑了好久，就让我当一回让诺和亲爱的吧……在一座像巴黎这样的大城市里，人们什么都不会错过。在统计部里，一切照旧地运转得很好。我表现出来的人类特征并没有引起注意，我完全不是引人注意的人物。办公室的那哥们已经不在了，他被扫地出门，因为人们最后发现了他。不能说少了他我心中缺了什么，不过我倒是经常想起他，得知再也不会见到他之后，我感觉安全多了。在这里，我感受到了一种在其他地方无法感受到的潜伏和希望的状态，通过焦虑、冷汗、先天的恶心和挑战一切竞争的叫喊体现出来。为了体现出良好的修养和伙伴关系，我使用了一些防止自己被暴露和让自己安心的产品。另外，人们发明了外观逼真功能实用不会发红的义肢。有时候我在半夜里爬起来做锻炼柔韧性的运动，为的是接受未来的生活。我爬行，我打结，我把自己扭起来，在地毯上做着各种姿势的弯曲，以备将来的不时之需。我的两只眼睛有时候让我在人群中很打眼。世界上有那么多必须卑躬屈膝的时刻，也有那么多需要心狠手辣的时刻，我着实感到了自己的存在。

4

我说出这些是担心受到警告或者在公路上被羁押，我尤其不愿意别人胡思乱想，但不凑巧的是，就在我正在进行适应性训练的时候，响起了敲门声。我立刻警惕起来，不能开门，因为我在此时此刻是如此虚弱，以至于希望的焦虑完全占据了我，就像舆论总是希望跟名人扯上关系一样。毫无疑问，敲门声是从外面传来的，我全身戒备拒绝开门，因为此刻我的焦虑和放任自流的状态一眼就会被看出来。于是我机灵地装出家里没有人的样子。不过我还是穿上了人形的睡衣。

敲门声没有坚持。

就在我觉得自己已经脱险的时候，一张单子从门下面滑了进来。开始，出于手和手臂的原因我不想拿起它，等我看到它整个都已经滑进来的时候，我想外面的人肯定无法知道我是不是用了手，这才把它捡了起来。上面写着一个地址，一个第二天的日期，一个时间——二十点三十分——和几行字：来吧，别做胆小鬼了！你还不够强大，加入我们吧，展现出你原本的模样吧！我们支持蟒蛇。一定是办公室的那哥们。

我没有丧失清醒的头脑，我知道这是一种危险的挑衅。我完全了解它的目的，这一招甚至更加危险：这是政治。我说的就是：政治，我要特别强调这个词。

你将会明白在我的脚下裂开了一道多么深的深渊。显然头一件该做的事情就是赶在所有怀疑之前报警。不过，这是一种本能的反应，这是自然法则，此刻我们不能使用自然法则，而是要反过来。

另一方面，世界上已经有太多的驯化园。以前也从来没有这么多的精子银行和没有存款的人。那些放眼未来的消息也已经太多了。停滞的机构里满是正在等待的位置，就像蜕皮一样，最后还是回到老样子。我不再用字典了。

我把单子撕成了两半。

我不想当“大亲热”，我想换点新的，我想成为“大狡猾”。

可是这张单子却引发了某种无法抗拒的东西。一点无法阻挡的新芽从心里萌发出来，伴着骚乱和幻想中的骑兵，伴随着布拉格之春的歌声和带着预兆的兴奋。我甚至在内心深处做了几个举重动作。正是像让·穆林和皮埃尔·布罗索莱特这样虚弱的人才会靠近希望。

我反抗过，我向他们说不。我为理性和常识呐喊，也为苏联的坦克，超级大国和巨大的数字。我说的是统计数字和在这座大城市里无孔不入的共和国保安部队。我要使出全身力气捍卫我的私生活，我跑去在坐浴盆上洗屁股。我怎么想就怎么说，为了声援独立和自由表达的权利，我完全依靠自己每天夜里至少十次地跑去洗屁股。

没有用。他们是最虚弱的人。这两位，可是他们胜利了，他们总是会胜利。

我不知道自己是如何在一块手表的帮助下坚持了二十四个小时。像往常一样，巴黎深夜里非洲荒漠一般无垠的空虚压倒了我，在我身上留下所有浩劫的痕迹。

我手里攥着传单却不敢碰它。

最后，在疲倦、惊慌和卑鄙的恐惧的共同作用下，我在下午七点钟恢复了信心。这些表现出来的迹象不会出错，它们显示出清醒的头脑和觉悟。

我从头到脚穿戴好，大衣，帽子，围上围巾，我舍不得脱下睡衣，因为它就像某个人让我心里感到温暖。我以寄信的借口出了门。一切顺利，我裹得很严实。我几乎感觉不到心脏的跳动，我的呼吸也很轻，所以没有人会把我视为危险。我把地址记在了心里，出于谨慎的考虑，我把传单撕成碎片吞进了肚子里。我给自己提供了所有着装上的保障，我很难被认出来。人们看不到我的鳞片，我的结，也看不到我的残肢和剩下的果核。我给人以一种与周围环境非常匹配的好印象。我的行为甚至值得嘉奖和鼓励，因为我为在价格上涨的时期里降低成本提供了一个有趣的范例，我的价格低廉，我不需要使用汽油也不占用其他的能源，我是经济型的，因为人们不能在用完之后扔掉我。我可以被充分利用，我有二十亿个备用零件，我不需要任何生活必需物质，我只会给精子银行做贡献。我支持教皇，为捍卫由尿路诞生的生命的神圣权利反对全国医师协会的决定。我既是初级原料又是制成品。我只可能在高速公路上超车。我每年通过电视台卖出两百万本书，他们甚至还为我开设了彩色频道，为此还有一个政府专门代表我。我是可以兑换的，为了补偿不断上涨的需求，我每年都在降价。我吃下了越来越多的致癌垃圾。由于运输和社会安全的原因，我的肉价的上涨让人们争论不休。我是按人头计算而且越来越多的国民总收入。我是只剩下果核的统计表，是归为零蛋的人口数字，我为所有教堂主持的婚配和所有的阴囊排卵。

我要继续保持低调，尽管我一点也不打眼。因为我的眼神里也许会流露出破绽，让人们发现我神圣而神秘的真实面貌。我想说，出于保障安全的目的，这个目的既是未完成式又是虚拟式的，我已经秘密地命令他们关掉手电。由于数量可观的携带冲锋枪的共和国保安部队成员遍布了街上各个角落，我今后只用他们名字的首字母J.M.（让·穆林。——译注）和P.B.（皮埃尔·布罗索莱特。——译注）称呼他们。在经过警察身边的时候，我抬起帽檐，向他们显示我什么都没有隐藏。不过我是如此虚弱以至于都不必采取提防措施。我不显眼的外表带给周围必要的平静。我摆在那里，往橱窗里看的人不会看我，我只要保持微笑就够了，他们会从我身上的衬衣看出我是有质量保证的。我甚至不用再压抑自己，我顺从。我是如此地不会引起注意，只有在地铁入口打孔验票的时候，我才稍微重新感到了自己的存在。我弯下腰去取出票，票很友好地停留在我的手里，好像是在支持我的存在。我把票握在手心里，我想说人的智力有自我修复功能。我混在地铁出口处的人流当中，没有好奇的眼神，甚至都没有人短暂地扫我一眼，只用打孔验票就行了。为了回避他人的目光，我戴上电影导演式的黑色眼镜。我不用给他们俩手电筒，因为他们自己就能发光。我的体型、着装风格、词汇表，我的衣服、帽子、围脖和外套帮了我不少忙。残肢和鳞片都在里面，不会被人看见，因为外面看起来是人，除非有哪个小孩子使劲盯着您看，因为他们还没有习惯思维。其他的人早已习惯迅速地撤回自己家里。不过我特别留意地随身带着社保卡，这张卡让我有权利报销四分之三的费用，这是一个物证，没有人可以拒绝。

我安然无恙地到达了目的地。

巴黎科学探索宫被警察拉起的隔离绳包围着，不过所有人都可以通过，只不过人群被分隔开了。警察在此地的目的就是为了隔离群众和预防突发情况。周围停有救护车，但是车里却没有看见应对突发事件的医生，因为在全国医师协会发表的关于堕胎所的公告中明确表示，出于对医生职业高尚尊严的考虑，没有医生会专门从事这项工作。带着被人辨认出来的害怕和假的借口，我不知道该如何描绘我现在这种状态，不过我必须提到的是，我的虚弱毫不费劲地超越了我，它甚至成了此人非同一般的鲁莽行为的证据。警察们一点都没有注意到我，我以为他们会从书店里那些濒临灭绝动物的画册上认出我来。根据我以前留下的所有记录，他们知道得很清楚，因为环境原因我正在消失，令我害怕的地方也消失了。在这种虚弱状态下，唯一发生的事情就是我突然发现我无法为J.M.和P.B.去抗争，尽管我把他们都缩减到了首字母。事实上从人的角度考虑，我无法把他们俩跟一条两米二长的蟒蛇藏在一起，因为一场冲突会随时爆发，就像汽车炸弹爆炸一样，即便这不会引发自然保护问题或者造成居民伤亡。这正是我在当前情况下所遇到的问题。

我不知道是出现了什么奇迹，居然没有任何人发现。

也许是出于人们的习惯的缘故，出于习惯了的习惯，永存的习惯。

不过只需片刻的觉悟便会看到让·穆林和皮埃尔·布罗索莱特从潜伏中走了出来，为的是帮助一条两米二的蟒蛇登上巴黎科学探索宫的台阶。

他们左右架着我，他们对我一点都不反感，我甚至要说就像亲兄弟一样。不幸的“大亲热”，为了在自己的残肢之上站立起来，为了登上台阶，他冲破了自然的范畴，付出了超人类的努力。

我被深深地感动了，以至于差点失去内心的虚弱，尽管我在心底同样也感受到了帮助。

让·穆林穿着一件黑色外套，戴着灰色的帽子和十一月里的灰色围脖，表情忧伤而充满怜悯。皮埃尔·布罗索莱特没有戴帽子，他更清瘦一些。“大亲热”比他们两个人的个子都高，不过并不是他让两个人跌落了下来，而是他们俩架着他，在他的残肢上直起身子，一蹦一跳地登上台阶。

我不知道我是如何在众目睽睽之下登上这些台阶的。这也许是我这个物种能做出的最大努力。

不过我做到了。在我通向人类的错误的强烈意愿支撑之下，在上文提到的两位以及所有的人的帮助之下，我拖着我的残肢爬上来了。我发现自己同他们一起走到了里面，里面也就是外面，这两个词的意思没有差别。

我出场了。

我什么都看不见了。

我害怕。

我被叫喊声中的投影灯照花了眼。

我甚至再也看不到让·穆林和皮埃尔·布罗索莱特。

我独自支撑起残肢站立着。

我独自支撑起残肢站立着，因为我只有它可以支撑。

我听到一阵令人眩晕的喊叫声，就像在欢庆。他们坐满了大厅，有无数张脸和无数双手。

“大亲热！大亲热！”

“？！！？！……”

“大亲热和我们在一起！”

“？！……”

我虚弱得一眼就能看出来，因为我的脆弱，我的女性气质，我的温柔和自命不凡，好像我已经有了成为人类的错误的权利。

“大亲热，告诉我们……”

“？”

无边无际的惊讶。

在我退回到里面之前，我发现他们把我安置在一个讲台上，前面放着麦克风。我被一种极端的胆怯占据了，我大声喊道：

“J.M.！J.C.！P.B.！A.C.！”

我从A到Z把字母表喊了一遍，一滴血都没漏。

我感觉好了一点，ABC让人放心，让人有存在感。

在这种情景下我想说的第一件事就是我站得笔直。

不容置疑。

我支撑着我的残肢站得笔直，不过我的头抬得很高。

我接下来要说的是我的虚弱加剧了，在一股极大的温柔的支持下，我感到被微笑和光芒四射的女性气质所包围。

“大亲热！大亲热！”

这个词带着的不是鳞片和偏见，而是爱。我是这里最伟大的行家，因为爱消失了很长一段时间。

在没有爱的时候，我知道它是什么。

它就在这儿。

我一生中从没看到过如此多的手，这些不是戴着手套的自私的假模假式的手，这些是真正的手，是伸向溺水者的援助之手。我自己的手也回来了，我的虚弱取得了胜利。

我一直支撑着我的残肢保持站立的姿势，无需太多言语。

我完全伸展开自己的长度，再也不怕被看到，或者被送回植物园进行再适应。

我一定要在此一吐真言。

我终于得以说出所有的话。

我没有两米二长。

我只有一米六八。

我和巴黎最美的蟒蛇相差不远。

比我高的人到处都是。

但是他们为了安全和良好的继续只愿蜷缩在自己的居所里。

我是一个跟所有人一样的普普通通的大亲热。

我流着泪对他们说：

“就像所有人一样！我是不一样的，就像所有人！”

“大亲热万岁！大亲热万岁！”

我想唱歌，我不想说十五公里长的交通堵塞。我想唱歌。

“怦怦！我的小心脏怦怦直跳！”

这首歌很流行，十分流行！就像交通堵塞自己疏通了一样。

我一眼看到了坐在第一排的办公室的哥们，他因为证据不足被释放了。我还看到了助理，他向我示意还活着。

“怦！怦！带上生活必需品吧！”

我太虚弱了以至于我的声音像打雷一般响亮。

他们全都站了起来。

我也想站起来，不过我已经站起来了，只不过不习惯而已。

“我像所有人一样，我是不一样的！”我高声叫喊道。

“说吧！说吧！”

“我浑身上下都要求不同！”

“去吧！别害怕！”

“弱者苏醒了！”

我甚至不再为眼泪羞愧，因为它们就像早晨的露珠。我只是没有足够的喉咙吞咽它们，因为自从我有了喉咙之后我就忍气吞声。

我说出了最后一句话。

“打倒存在的监狱[3]！”我低声说，因为低声说的话有可能是最有力的。

他们沉默了。底下是如此寂静，以至于可以听到某人在某个地方说其他事情的声音。

然而在寂静当中人们总会清楚地听见有人说出了第一个字，这个字是不朽的，因为它来自别处，它还是那么虚弱，不过已经有了希望。

“原始”结尾部分的注释

1 罗曼·加里后来采用了这种拼写方法。在前文中他写的是prolégomène。

2 这是小说中唯一一处提到库森名字的地方（在前文中他声称自己叫“罗朗”，不过马上又说“只是我随口说的”名字）。手稿中还出现过“皮埃尔”的名字，这让人马上联想到伟大的抵抗运动分子皮埃尔·布罗索莱特。为了避免产生混淆，加里把皮埃尔改成了米歇尔。这个名字被一直保留了下来，尽管第一版《大亲热》里面没有，因为这一段都删掉了。不过在《大亲热》出版之后的数篇评论文章里却提到了这个名字。比如，1974年9月28日出版的《世界报》上一篇署名雅克琳娜·皮亚迪耶的文章中写道：“米歇尔·库森是个温柔的角色……”；另外，从1976年开始，“页码”丛书的内容介绍里一直写着“米歇尔·库森，巴黎职员……”。

3 一些不同的著作里（安娜–夏洛特·奥斯曼的《乌托邦和讽刺》，保罗·帕洛维什《一个人们曾经认为存在的人》，米尔亚姆·安妮西莫夫《变色龙罗曼·加里》）对库森说的最后一句话给出了不同的版本：“我……爱……你们。”这个版本的结尾还记录在埃米尔·阿雅尔的第三本书，他的“自传体小说”《假名》中：

……我低声地说“我爱你们”，低声说的话有可能是世界上最有力的。

我周围一片寂静，我听见在某个地方有个人最终说了点什么。

我感觉就像真的听到了一样。有时候在寂静当中我总会清楚地听见有人说出了第一个字，这个字是不朽的，因为它来自别处。我感到它像新生命一样是那么虚弱，不过已经有了希望。

《假名》，法国墨丘利出版社，1976年

关于小说的最后一句话，在此还要说明，《大亲热》的创作动力都化身成了这第一个字，这一声虚弱的呐喊却承载了所有的希望，它显示了库森的愿望的实现。实际上，第29章中的一句话：

我们交谈的机会还剩下两层楼，不过我收起了我的表达天赋。

在作者的原稿中是这样的：

我们交谈的机会还剩下两层楼，不过在我心中闪过一个短暂而强烈的念头，要让案板上那些等着出售的总是新鲜而绝对平凡的红肉们发出一声新的从未听到过的呐喊，尽管它们先天缺乏发声器官无法突破自身的限制，这声呐喊会触及问题的深处，正如触及老太太和她篮子深处的鹦鹉。于是我收起了我的表达天赋。

这段话为结尾做了铺垫。

附　录

部分参考书目

以埃米尔·阿雅尔的名字发表的作品

《大亲热》，巴黎，法国墨丘利出版社，1974年。

《如此人生》，巴黎，法国墨丘利出版社，1975年（获1975年龚古尔奖）。

《假名》，巴黎，法国墨丘利出版社，1976年。

《所罗门王的忧虑》，巴黎，法国墨丘利出版社，1979年。

埃米尔·阿雅尔的书均收入1990年法国墨丘利出版社出版的《埃米尔·阿雅尔作品全集》中。全集中还收入了罗曼·加里身后发表的《埃米尔·阿雅尔的生与死》。

所有罗曼·加里以埃米尔·阿雅尔的名字发表的作品均收入了“页码”系列。

关于埃米尔·阿雅尔其人与其作品的书

《埃米尔·阿雅尔的生与死》，罗曼·加里，巴黎，伽利马出版社，1981年。

《一个人们曾经认为存在的人》，保罗·帕洛维什，巴黎，法亚尔出版社，1981年。

记录《大亲热》手稿在埃米尔·阿雅尔和编辑们之间来往一事的书与文章

《变色龙罗曼·加里》，米尔亚姆·安妮西莫夫，巴黎，德诺埃尔出版社，2004年（传记）。

《罗曼·加里》，多米尼克·博纳，巴黎，法国墨丘利出版社，1987年（传记）。

《作家们的目光》，克里斯蒂娜·巴罗什，其中记录了“作家–外交官罗曼·加里”研讨会上的讨论发言。研讨会由克里斯蒂娜·格艾美主持，米雷伊·萨科特和安娜·西蒙参与组织。巴黎，ADPF 杂志，2003年，第109—123页。

《关于阿雅尔事件我知道的真相》，米歇尔·库尔诺，发表于1990年8月30日至9月5日的《新观察家》杂志上，第78—82页。后收入由让-弗朗索瓦·安古埃与保罗·奥迪主编的《罗曼·加里笔记本》一书，巴黎，雷尔纳出版社，“笔记本”系列第85本，2005年，第68—72页。

《罗曼·加里，欧洲旅程》，法比亚斯·拉纳，谢纳布日里，杰奥日里出版社，1999年（传记散文）。

《〈大亲热〉的真实结尾》，瓦莱里·马林·拉·梅斯莱，发表于《文学杂志》第450期，2006年2月，第96—97页。

专门研究《大亲热》以及与埃米尔·阿雅尔的创作灵感有关的书

《罗曼·加里与埃米尔·阿雅尔作品中的他人形象……》，费耶尔·阿布代亚阿，里尔，ANRT出版社，2002年。

《不可能的尽头》，保罗·奥迪，巴黎，克里斯蒂·布尔乔瓦出版社，2005年。

《有过两次的罗曼·加里》，皮埃尔·巴雅尔，巴黎，PUF出版社，1990年。

《阿雅尔式语言中的错误用语》，大卫·拜罗斯，猎鲨出版社，2004年，第29—47页。

《戏剧中的阿雅尔》，迪耶里·弗蒂诺，猎鲨出版社，2004

年，第159—170页。

《罗曼·加里之墓》，南希·休斯顿，南方行动出版社，1995年，1999年收入“巴别塔”系列。

《加里-阿雅尔的发端和传奇：探索自我和写作的经历》，安娜·莫朗日，猎鲨出版社，2004年，第71—101页。

《乌托邦和讽刺》，安娜-夏洛特·奥斯曼，斯德哥尔摩，阿姆韦斯特&维克赛尔国际出版社，1994年。

《从罗曼·加里到阿雅尔：断裂或者重复？》，维罗妮克·彼东，巴黎七大博士论文，1992。

《罗曼·加里对匿名文学理论的启示》，阿斯特里德·普瓦尔-贝恩哈德，蒂宾根，米尔梅耶出版社，1996。

《罗曼·加里，出卖影子的人》，拉尔夫·斯古尔克拉夫特，费城，宾夕法尼亚大学出版社，2002年。

《大亲热》的改编作品

《大亲热》1979年被改编成电影，由让-皮埃尔·劳森执导，让·卡尔内与尼诺·曼弗雷迪出演。

《大亲热》被多次改编成话剧。其中，迪耶里·弗蒂诺因出色饰演库森而获得2002年度“莫里哀”最佳话剧演员奖。2003年10月18日在马赛吉姆纳斯剧院的重演录音被收入名为《〈大亲热〉中的迪耶里·弗蒂诺》的双CD。巴黎，伽利马出版社，“高声”系列，2003年。

版贸核渝字(2011)第159号

图书在版编目(CIP)数据

大亲热/(法)加里(Gary,R.)著;李一枝 译. —重庆:
重庆出版社,2012.6
ISBN 978-7-229-05145-7

Ⅰ.①大… Ⅱ.①加… ②李… Ⅲ.①长篇小说—法国—现代 Ⅳ.①I565.45

中国版本图书馆CIP数据核字(2012)第081598号

大亲热
DAQINRE
[法]罗曼·加里 著
李一枝 译

出 版 人: 罗小卫
策　　划: 华章同人
出版统筹: 陈建军
策划编辑: 张慧哲
责任编辑: 刘学琴
责任印制: 杨 宁
营销编辑: 魏依云
封面设计: 尚世视觉

重庆出版集团 重庆出版社 出版
(重庆长江二路205号)
三河九洲财鑫印刷有限公司 印刷
重庆出版集团图书发行公司 发行
邮购电话:010-85869375/76/77转810
E-mail:bjhztr@vip.163.com
全国新华书店经销

开本:880mm×1230mm 1/32 印张:8.625 字数:151千
2012年7月第1版 2012年7月第1次印刷
定价:28.00元

如有印装质量问题,请致电023-68706683